내 꼬리가 되어 줘

내 꼬리가 되어 줘

하유지 지음

씨드북

차례

1부

꼬리 기증자

시네 카우다 증후군

에핑고 화면에 엄마 얼굴이 뜨는 순간, 나는 잠시 뒤에 듣게 될 말을 직감했다. 이상한 예감이었다. 에핑고를 집어 드는 손이 떨린다.

"너한테 꼬리가 생겼어!"

전화를 받자마자 엄마가 외쳤다. 정확히는 꼬리 기증자가 나타났다고 말해야겠지만, 엄마는 그 사람 꼬리가 벌써 내 것이라는 듯 굴었다.

"이번엔 확실해요?"

나도 모르게 자리에서 벌떡 일어났는데 다음 순간, 팔다리가 경련 비슷하게 떨려 왔다. 3년 전 일이 떠올라서였다. 그때도 꼬리를 기증하겠다는 사람이 있었다. 하지만 이식 수술 직전에 기증 의사를 철회하는 바람에, 나는 쓰디쓴 좌절감을 맛보아야 했다. 꼬리 없이 장례를 치를 수는 없다는 이유로 그쪽 가족들이 반대했다고 들었다.

나는 선천적으로 꼬리 없이 태어난, 시네 카우다 증후군 환자다. '시네 카우다'란 라틴어로 '꼬리가 없는'이란 뜻이다. 꼬리 없는 사람을 보통 '없는'이란 뜻의 '시네'라고들 부른다. 꼬리가 없는 사람, 없는 사람, 이 세상에 존재하지 않는 사람……. 꼬리가 없으면 실제로도 그렇게 살게 된다. 나만 해도 열다섯 살이 되도록 학교에 다니지 않고 재택 교육을 받으며 지내고 있다. 학교에 갔다면 따돌림과 괴롭힘에 몇 달 버티지도 못했을 것이다. 내 또래들의 세계 속에서 나는, 존재하지 않는다.

"새미야, 적합도가 얼마인지 아니? 97퍼센트야. 무려 97퍼센트!"

엄마가 내 질문에는 답하지 않고 흥분한 목소리로 말했다.

기증자와 나의 조직 적합도가 97퍼센트라니, 완벽에 가깝잖아? 비로소 심장이 두근거렸다. 그 정도라면, 꼬리를 내 몸에 이식했을 때 거부 반응이 일어날 확률이 아주 낮거나 거의 없다. 나에게 꼬리를 준다고 했다가 취소한 사람과는 조직 적합도가 82퍼센트였다. 그 사람, 어느 묘지에 묻혔다더라? 파리하고 앙상하던 꼬리도 이제는 흙이 되었겠지.

"방금 전에 신체이식관리청에서 연락이 왔어. 기증자가 널 보고 싶어 한대."

엄마 입에서 기증자 얘기가 나왔다. 누구일까, 죽어 가고 있을 그 사람은.

"나를요? 왜요?"

"그야 당연히, 자기 꼬리를 어떤 사람이 받을지 알고 싶어서겠지. 그쪽에서 마음을 굳히면 확정 공고를 올릴 거라더라. 얼른 준비해서 제14병원으로 와. 엄마도 조퇴하고 바로 갈 거야."

식중독에 걸려 밤새 토했을 때도 출근했던 엄마가 조퇴라고? 그 빡빡한 직장에서? 그제야 엄마가 얼마나 간절하게 오늘을 기다려 왔을지 실감이 갔다.

15년 하고도 반년 전 내가 꼬리 없이 태어나자, 엄마와 아빠는 그날로 나를 꼬리 이식 수술 대기자 명단에 올렸다. 그러고는 비싼 수술비를 마련하려고 쉼 없이 일해 왔다. 계획했던 둘째도 낳지 않고 말이다. 아픈 나에게 집중하기 위해서였다지만, 사실 난 꼬리가 없을 뿐 아픈 데 없이 건강했다. 두 분은 둘째 자식도 꼬리 없이 태어날까 봐 무서웠던 것이다. 꼬리 달린 사람들 틈에서 꼬리 없이 살아가는 일은 글쎄, 얕은 물이 고인 진흙탕에서 아가미를 뻐끔거리는 물고기 같달까? 꼬리 없는 아이의 부모는 진흙을 파고 또 파서 저 멀리 얕은 물길이라도 내 주려고 발버둥을 치게 마련이다.

드디어 오늘, 나에게 딱 맞는 꼬리가 나타났다. 뭉툭한 꼬리뼈 부근이 두근대는 느낌으로 간질거린다. 그쯤에 심장이 하나 더 있기라도 하듯이.

"저번에 산 원피스를 입으렴. 신발은 검은색 구두가 낫겠다. 양말도 새 걸로 신고, 머리도 빗고. 깔끔하고 단정하게, 알았지? 부담 주려고 하는 얘기가 아니라, 너한테 정말 중요한 날이야."

엄마는 나를 어디 내다 팔기라도 하려는 사람처럼 세세하게 복장 지도를 하더니 부담 주고 싶지 않다는 말로 부담을 줬다. 언제 기증 의사를 철회할지 모르는 기증자에게 잘 보이고 싶어 하는 조바심이 내 발밑까지 밀려들었다.

전화를 끊고서 한참 동안 숨을 몰아 내쉬며 호흡을 정돈한 다음에야 방으로 발걸음을 옮겼다. 그새를 못 참고 메시지가 온다. 장식꼬리는 수수한 것으로 착용하라는 내용이었다.

옷장을 열고 엄마 말대로 가장 밋밋한 장식꼬리를 챙겨 침대에 올려놓는다. 굵은 철사에 실리콘을 입혀 만든, 누가 봐도 가짜 티가 나는 꼬리. 기증자의 동정심을 자극하려는 속셈일까.

서랍 구석에서 오랜만에 기계꼬리를 꺼냈다. 초등학교에 입학할 나이가 되었을 때 학교생활 대신 받은 선물. 부모님 형편에 맞추다 보니 싸구려였고, 끽끽거리는 소음을 내다가 고장 나 버렸다. 이 꼬리를 달고 친척 모임에 갔던 때가 떠오르자, 일곱 살로 돌아간 듯 얼굴이 달아오른다. 할아버지가 기침할 때마다 멍텅구리 꼬리가 오작동을 일으켜 머리 위로 솟구쳤고, 친척들은 박수까지 치면서 웃었다. 난 짜증 나고 분한 마음에 울음을 터뜨렸다. 그날 이후로 엄마와 아빠는 어떤 모임에도 날 데려가지 않았고, 나는 방 안에서 혼자 받는 재택 교육에 적응해 갔다. 내 선생님은 에핑고로 접속한 마므 안의 교실에 있다. 친구는? 없다. '시네'란 말뜻 그대로.

장식꼬리를 허리에 두른 다음 원피스의 꼬리 구멍으로 빼내어 늘어뜨린다. 백화점 세일 기간에 매대에서 고른 민트색 원피스. 너무 환해서 내 얼굴빛에는 어울리지 않는다. 병문안은 아니라지만 죽어 가는 기증자 앞에 이렇게 화사한 옷을 입고 나타나도 괜찮을지.

기계꼬리를 꼬리뼈에 갖다 붙이고 손으로 움직이며 입으로 끽끽 소리를 내 본다. 녹슨 꼬리 끝이 꼭 나를 노려보는 것만 같다. 97퍼센트 적합도의 꼬리가 나타나지 않았다면 결코 하지 않았을 장난이다. 이제껏 나를 비참하게 하는 요소라면 최선을 다해 피해 왔다. 학교도, 친구도, 동네 동아리 활동이나 이웃과 교류하는 일도. 에핑고로 공부하고 책도 읽으며 세상을 엿보는 이 방이야말로 나에게는 온 우주나 마찬가지다. 꼬리뼈에 비누칠

할 때 가끔 물기 없는 울음이 새어 나오는 화장실은 글쎄, 보조 우주쯤 되려나.

무릎 근처에서 살랑이는 민트색 원피스와 축 늘어진 장식꼬리, 새것 냄새가 진동하는 양말과 도통 신을 일이 없어 뻣뻣한 검은색 구두로 차려입고 집을 나선다. 옆집에서 우리 집과 맞닿은 뜰의 경계에 심어 놓은 로벨리아가 보였다.

골목 모퉁이를 도는데, 언제 나왔는지 옆집 아줌마가 로벨리아 꽃잎을 뜯어 길가에 흩뿌리는 모습이 보였다. 기분이 찜찜하거나 끈적거릴 때, 한마디로 재수 없다는 느낌이 들 때 하는 행동이다. 우리는 좋든 싫든 오랜 이웃이고, 내 방 창가에서는 옆집 뜰이 훤히 보인다. 잡상인이나 포교하는 사람들이 초인종을 누르고 가면 아줌마는 뜰로 나와서 로벨리아 꽃잎을 한 움큼 뜯어 날린다. 악의와 불신이라는 꽃말에 어울리는 신경질적인 몸짓으로. 내가 어렸을 때, 꼬리 없는 사람은 불운을 가져온다는 속설이 있다고 알려 준 사람도 아줌마였다.

그래서 우리 집과 맞닿은 땅에만 울타리처럼 로벨리아를 키우는 것일까? 내가 불러들이는 악운을 불신과 악의로라도 막으려고?

언젠가 훔쳐본 엄마의 일기장에는, 갓 태어난 나를 데리고 집으로 돌아왔을 때 겪은 일이 적혀 있었다.

옆집 여자가 새미와 나를 보더니, 꼬리 없는 아이를 낳은 내가 불쌍하다고 했다.

아이는 복이 없어서 그렇게 태어났다지만 낳은 사람은 무슨 죄냐면서, 사전 검사에서 못 잡아낸 거냐고도 물었다.

에핑고로 목적지를 설정하자 자율 주행 택시가 와서 섰다. 나는 차에 타서 좌석 등받이에 등을 기댔다. 천장에 붙은 방향제에서 로벨리아 향이 풍기는 것만 같았다.

「202호 병실의 진미아

"왜 이렇게 늦게 왔니?"

병원 정문 앞에서 초조한 얼굴로 서성거리던 엄마가 잰걸음으로 다가왔다. 내가 늦게 왔다기보다는, 엄마가 일찍 왔다. 엄마 얼굴에는 제때 풀지 못하고 쌓이기만 한 피곤이 가득했다. 이런 얼굴을 보면 어떤 투정이든 쏙 들어간다. 나는 뭐를 해 달라거나 사 달라고 떼써 본 적이 없다.

내 물건 중에 값나가는 것이라고는 에핑고 한 대가 전부다. 재택 교육 필수품인 에핑고 말고는 죄다 꼬리 이식 수술 뒤로 미루며 살아왔다. 얼굴 빛에 잘 맞는 옷도, 향이 거슬리지 않는 화장품도, 알이 얇아서 가벼운 안경도, 학교에 다니는 삶도 모두, 진짜 꼬리와 함께 활짝 열릴 진짜 삶을 기대하며 보류해 두었다. 하지만 수술이 한 번으로 끝나리란 보장도 없고(면역 반응으로 부작용이 일어나면 길고 복잡한 후처치가 따른다) 적응 훈련도 받아야 하니, 우리 집 형편은 지금처럼 계속 빠듯하겠지. 딸 하나 잘되라고 희생하는 부모에게 보답하려면 나는 기필코 꼬리 있는 아이가 되어 보란 듯이 좋은 학교에 들어가 우수한 성적으로 졸업하고 번듯한 직장을 잡아 성공해야 한다……고 엄마와 아빠는 생각하는 눈치다.

"기증자가 기다리다 지쳐서 잠들기라도 하면 어쩌려고 꾸물대. 오늘 꼭 만나서 담판을 지어야 돼. 사람 마음이란 게, 오늘 다르고 내일 다르니까."

엄마가 내 팔을 잡아끌고 건물 안으로 들어가며 말했다. 꼬리 기증이란 게 마트의 세일 품목이라도 된다는 식이었다. 사야 하는 상품이 딱 하나 남았고, 그걸 남의 카트에서 빼내서라도 차지하겠다는 기세. 그러면 여기는 꼬리 마트라도 되나? 나는 실내를 둘러보았다. 세일이라고는 100년 가도 하지 않을 듯 번쩍거리는 고급 병원이었다.

"진미아 양을 만나기로 한 단새미인데요, 전 얘 엄마고요. 어디로 가면 될까요? 약속은 되어 있어요."

안내 창구에 가서 말하자, 안내원이 웃음 띤 얼굴로 에핑고를 확인했다.

"방문 예약이 확인되었습니다. 5202호 병실로 가시면 됩니다."

고속 엘리베이터라 52층까지는 눈 깜짝할 사이였다. 나는 또다시 팔을 붙잡힌 채 52층 한중간에 꾸며진 로비로 끌려갔다. 로비의 소파는 너무 푹신해서 땅속까지 꺼질까 염려스러웠다. 내 옆에 앉은 엄마는 긴장되는지 마른 입술을 혀로 축이며 주변을 두리번댔다. 우리 집보다 넓은 공간에 우리 말고는 멀찍이 떨어진 소파에 눕다시피 한 남자애뿐이었는데, 에핑고로 게임을 하느라 정신이 없어 보였다.

"자, 이건 선물. 뭐라도 주면서 얘기해야 분위기가 부드러워지지. 잘 보여야 돼, 새미야. 미성년자라 기증할지 말지는 부모가 결정하겠지만 아이

의사를 최대한 따를 거라더라."

엄마가 내 무릎에 종이 가방을 올려놨다. 가방 밖으로 삐죽 고개를 내
민 갈색 곰 인형이 이제야 눈에 들어온다. 피곤도 투정도 모르고 귀엽기만
한 얼굴이다. 엄마가 병원으로 달려오면서 선물까지 사느라 얼마나 종종
거렸을지 안 봐도 뻔했다. 인형 옆에는 리본을 단 초콜릿 상자도 있었다.
카카오 함량이 높은 초콜릿. 그 맛은 상상만 해도 빈속이 쓰렸다. 환자에
게 적합한 선물은 아닌 듯했다. 정말 나, 잘 보일 수는 있을까.

"걱정하지 마. 잘될 거야. 걱정할 거 하나 없어."

엄마가 내 등을 쓸어내리며 읊조렸다. 굉장히 걱정되는 모양이다. 충혈
된 눈 밑이 시꺼멓다. 태아에게 실시하는 사전 검사에서 시네 카우다 증
후군이 발견됐다면 부모님은 어떤 선택을 했을까? 나를 낳아서 수술 대기
자 명단에 올린 것도, 수술비를 벌려고 밤낮없이 일하는 것도, 두 분 스스
로 내린 결정이다. 가끔은 그 선택과 결정의 짐을 내가 져야 하는 현실이
부당하게 느껴진다. 엄마와 아빠는 내 짐을 나눠 진다고, 어떻게 보면 자
신들 어깨가 더 무겁다고 느끼겠지만 내 생각은 다르다. 꼬리 없이 태어
나 꼬리 없이 살아온 사람은 누가 뭐래도 나다. 엄마가 처음에는 의식적으
로, 이제는 무의식적으로 등 뒤에 감춘 꼬리의 끄트머리가 보였다. 각질을
제거하거나 크림을 바르지 않아 거칠고 푸석거린다. 그래도 저건, 꼬리다.
엄마 것이다.

"걔도 너한테 꼬리를 주는 게 마음 편할 거야. 어차피 죽을 애잖니. 마
지막에 좋은 일 하고 가는 게 낫지."

"엄마!"

"아니, 말이 그렇다는 거지……."

엄마가 입을 다물더니 남자애 눈치를 살폈다. 우리 목소리가 좀 크기는 했다. 남자애는 소파 팔걸이에 발을 올리고 에핑고는 얼굴 위에 쳐든 자세로 아예 누워 있었다.

나는 한숨을 삼키고는 일어났다.

"잘하고 와!"

복도 모퉁이를 도는 내 등에 대고 엄마가 말했다.

진미아, F, 16세

병실 앞 에핑고에 뜬 환자 명단이다. 떨리는 손으로 '방문'을 선택하자, '들어오세요'라는 문구가 화면에 나왔다.

손에 배어 나온 땀을 원피스 자락에 문질러 닦았다. 세탁해서 다려 놓은 원피스에 주름이 진다. 종이 가방이 이 손에서 저 손으로 옮겨 다니며 흔들거리고, 가방 밖으로 튀어나온 천진난만한 곰 인형조차 불안해하며 눈알을 굴리고 있을 것만 같다.

자동문이 열리자, 병실로 들어갔다.

정면 벽에 걸린 교복부터 눈에 들어왔다. 흰색 블라우스, 푸른색 바탕에 회색 체크무늬 치마와 조끼, 남색 재킷. 내 원피스와는 달리 튀지 않게 은은하고 세련된 색감이다. 제14학교 교복이니 어련하겠어. 제14학교는 이곳 제14병원과 마찬가지로 부유층의 전유물이다. 들어가기 어렵고 학비가 비싸며 졸업생 상당수가 명문대에 진학하는 사립 학교. 엄마는 내가 꼬리 이식 수술을 받고 나면 '이식자 사회 적응 프로그램'으로 지원되는 특별 장학금을 받아 제14학교에 편입할 수 있으리라 기대한다. 재택 교육을 성실히 받아 왔고 성적도 좋아서 합격 가능성이 없지는 않다. 저 비싼 교복값도 지원될까?

얼마쯤 지나 눈을 돌리니, 반쯤 세운 침대에 기대앉은 여자애가 나를 보고 있었다. 진미아, 꼬리 기증자다. 교복을 너무 오래 봤나 싶어서 얼굴이 붉어졌지만, 진미아는 나보다 더 노골적인 눈빛으로 나를 살펴봤다. 인공호흡기를 하고 온갖 기계 장치를 주렁주렁 달았는데도 눈빛이 불꽃처럼 형형하다.

그리고 꼬리.

이제껏 본 중에 가장 길고 날렵하며 매끄러운 꼬리다. 생생하고 아름답다. 금지된 초콜릿을 욕심껏 훔쳐 먹은 듯 가슴이 쓰라리다 못해 아프도록 뜨거워졌다. 열망과 선망에 섣부른 비관과 좌절까지 더해져 못 견디게 애달팠다. 나는 큰 소리로 울고 싶기도 했고, 웃고 싶기도 했다. 부모님이 바라고 세상이 요구하기에 나 역시 꼬리를 가져야만 한다고 여겨 왔는데, 지금은 나 스스로 저 꼬리를 원한다. 내 안에 이토록 깊고 큰 갈망이 핏방울을 뚝뚝 떨어뜨리는 날것 그대로 숨어 살았다니.

침대 바깥으로 늘어진 꼬리가 움직인다. 꼭 나에게 다가오려는 듯이, 아니, 나에게 가까이 오라고 명령하듯이. 나는 꼬리의 기묘한 권능에 사로잡히고 말았다. 손톱이 손바닥을 파고들도록 세게 주먹을 움켜쥔다. 안 그러면 달려가서, 달려들어서, 진미아의 꼬리를 맨손으로 잡아 뜯을 것만 같았다. 내놔, 이건 내 거야! 어차피 넌 죽을 거잖아!

"안녕, 시네?"

처음 보는 사람을 대놓고 시네라고 부르는 진미아. 말할 때마다 인공호흡기 마스크에 김이 서렸다. 그 애의 온몸이 나뭇가지처럼 바싹 마르지 않았다면, 아무렇게나 오려서 붙인 듯 비뚜름한 냉소가 병색 짙은 얼굴에 영 어울리지 않았다면, 나는 처분만 기다리는 대기자란 처지도 잊고 화를 냈을지도 모른다. 그러나 진미아의 눈빛은 다른 말을 하고 있었다. 상처받은, 슬퍼하는 눈이었다. 초콜릿뿐만 아니라 곰 인형도 적절하지 않은 선물 같다.

"꼬리를 놓칠까 봐 부리나케 달려왔구나?"

재주 있으면 잡아 봐, 놀리듯 꼬리가 물결처럼 파도치더니 세워 놓은 매트리스 모서리에 자리 잡는다. 우리 대화를 어디 한번 들어 보겠다는 느낌으로. 죽어 가는 사람 몸에 달렸는데도 활기와 생명력이 넘친다. 진미아가 어찌 되든 상관없고 난 영원토록 살아남을래, 자신하듯이.

"날 만나고 싶어 한다고 해서 왔어."

말에 감정을 섞지 않으려고 노력했다. 잘 보여야 한다. 최소한 밉보이지는 말아야 해. 복도를 촬영하는 에핑고를 피해 로비에서 서성이고 있을 엄마가 눈에 선했다.

"너는 어떤데? 이 꼬리를 보고 싶지 않았어? 꼬리가 생기면 제14학교에 들어갈 생각인가 보네."

진미아가 꼬리를 들어 교복을 가리켰다.

이제껏 '너한테 꼬리가 생긴다면'으로 시작하는 엄마의 장밋빛 계획에 시큰둥한 반응만 보여 왔는데, 투명한 커버를 씌워 벽에 걸어 둔 교복을 보자 정말 제14학교에 가고 싶어졌다. 저 꼬리와 교복이 잘 어울릴 듯했다. 둘 다 내 것이 되지 말란 법은 없었다.

몇 걸음 걸어가 탁자에 종이 가방을 내려놨다. 넓은 병실이라 침대까지는 몇 걸음 더 가야 한다. 호사스러운 1인 병실이 꼭 왕을 뵙는 접견실 같았다. 물론, 왕은 진미아의 꼬리다. 진미아가 아니라 쟤 꼬리에 잘 보여야 하지 않나 싶어지자, 내 입가에도 비뚤어진 미소가 걸렸다. 어차피 세상의 관심사도 내가 아니라 꼬리잖아? 사람들은 나에게 꼬리가 없다는 사실을 의식하고 나서야 나라는 사람에게 눈길을 줬다. 1만 명당 1명에 해당하는, 이른바 특이 개체를 향한 호기심이겠지. 그런 다음에는 경멸과 무시가 이어진다.

"얼마 전 이 병원에서 무서운 일이 일어났어."

진미아가 나를 보며 말했다.

"조혈모세포를 기증받아야 하는 백혈병 환자가 있었어. 조혈모세포 알지? 골수 말이야. 딱 맞는 기증자를 어렵게 찾아서 이식받을 날만 기다렸지. 병든 조혈모세포는 모두 제거했고. 그런데 기증자가 기증 의사를 철회해 버린 거야. 가족이 결사반대한다나? 당신이 그러면 조혈모세포를 제거한 환자는 죽는다고 해도 소용없었지."

"그래서, 죽었어?"

나도 모르게 물었다. 초조함을 숨기지 못하고 조급해하면서.

"죽었지."

내 일이 아닌데도, 이미 끝난 일인데도 가슴이 철렁 내려앉는다. 꼬리 이식 수술 직전에 기증 철회를 통보받은 날이 떠올랐다.

"하지만 꼬리는 달라. 그거 없다고 죽지는 않잖아. 그래, 꼬리가 없어도 안 죽어. 얼마든지 살아갈 수 있어."

진미아는 아름다운 꼬리를 휘두르면서, 미친 사람처럼 눈을 번뜩이면서 말했다. 내 기분을 거스르면 너도 비참한 처지로 전락하게 해 주겠다는 협박인가?

진미아 말대로, 꼬리가 없다고 해서 죽지는 않는다. 내가 그 산증인이다. 질병 사전에서 '시네 카우다 증후군' 항목을 찾아보면 '증후군 자체로는 환자의 건강이나 수명에 영향을 미치지 않는다'라고 되어 있다. 그러나 안심하기에는 이르다. 몇 줄 밑에 딸린 설명을 읽어 보라. '시네 카우다 증후군 환자의 우울증 발병률은 정상인의 20배에 달한다. 우울증은 극심한 불안과 초조, 죄책감, 무기력, 의욕 저하, 관심과 흥미 상실, 자살 충동과 같은 정서적 문제를 동반하며 이는 불면, 두통, 식욕과 소화력 저하, 집중력 저하, 만성 피로와 같은 신체적 질병까지 유발한다'라는 부분에서, 정상인이란 꼬리가 있는 사람을 말한다. 두통, 불면, 불안, 의욕 저하 등등에 시달려도 꼬리만 있다면 정상이라고 간주한다.

3년 전 이식 수술이 취소되었을 때, 나는 한 달 동안 방에 틀어박혀 지냈다. 세계가 무너지고 우주가 요동쳤다. 식욕을 포함해 아무런 의욕도 없었다. 이렇게 기다리고 실망하고 원망하는 삶을 살아가야 한다니 끔찍했다. 지금 생각해 보면 우울증 상태였다. 이 세상에서 사라지고 싶었다. 아빠가 에핑고에 만화와 소설을 가득 채워 주지 않았다면, 그걸 다 보고 또 다른 읽을거리를 마므에서 내려받아 다른 세상의 다른 삶을 들여다보지 않았다면, 이야기 속에 존재하는 이들을 위해 웃고 울지 않았다면…… 나는 어떻게든 죽을 방법을 찾았으리라고 본다. 질병 사전에 따르면, 시네카우다 증후군 환자의 자살률은 정상인의 10배에 달한다.

"들어 봐, 단새미. 너 이름이 단새미 맞지? 어딘가에 꼬리 없는 사람들의 세상이 있어."

"그게 무슨 소리야?"

뜬금없는 얘기에 나는 미간을 찌푸리며 물었다.

진미아는 침대 높이를 조절해서 몸을 약간 더 세웠다. 인공호흡기를 하고 있는데도 숨 쉬기가 힘든지 손으로 가슴을 누르고 한참 있다가, 에핑고로 누군가에게 짧은 메시지를 보낸다. 그러더니 나를 보며 이렇게 말했다.

"우주가 무한하다는 건 너도 알 거야. 무한하다는 건 어떤 가능성이든 실현될 수 있다는 뜻이고, 없는 거 없이 뭐든 다 존재한다는 얘기지. 그렇게 광대한 우주에 꼬리가 없어지는 방향으로 진화한 인간이라고 없겠어?"

"다른 우주를 말하는 거야? 다중 우주 같은 거?"

그 어떤 책에도 인간이 꼬리가 없어지도록 진화한 세계는 등장하지 않았다. 작가들은 갖가지 세상을 그리면서도 사람 꽁무니에는 꼭 꼬리를 달아 뒀다. 아, 일부 외계인은 예외다. 간혹 꼬리 없는 외계 생명체가 등장하면 반가운 한편으로 꼴 보기 싫기도 했다. 괴상한 외모를 하고 머나먼 행성계에서 날아온 생명체가 나에게 '안녕, 시네?' 인사하는 듯해서.

"뭐, 대강 비슷해. 미안하지만 그만 가 줄래? 피곤해."

역시 예고편도 없는 급반전. 당장 꺼지라는 듯 꼬리가 허공을 내리그었다. 사람을 여기까지 불러 놓고는 10분 만에 쫓아내겠다고? 이 만남이 면접이었다면 나에게는 포부를 밝힐 기회조차 없었다. 면접관이 무한한 우주 어쩌고 하며 저 혼자 떠들어 대다가 끝났으니까.

"그럼, 오늘은 갈게. 하고 싶은 말 있으면 언제든 연락해."

거의 알랑거리다시피 인사하고는 돌아섰다. 문이 열리더니 누군가 들어온다. 나는 숨을 흡, 들이마시면서 멈춰 섰다. 로비에서 게임을 하던 남자애였다.

"누나, 불렀어?"

남자애가 나를 스쳐서 침대로 다가가며 말했다.

저 애, 로비에서 엄마가 한 말을 다 들었을 것이다. 제 누나한테 일러바치겠지. 면접관이 한 명 더 있었을 줄이야! 나는 입술을 깨물고는 병실을 나섰다.

2부

여기 말고, 다른 세상

꼬리가 필요해

엄마와 아빠는 면접 결과를 궁금해했다. 합격인지 불합격인지 묻는다면 당연히 불합격이었다. 나를 놀리고 비웃으려고 부른 듯하던 진미아를 봐도 그렇고, 어차피 죽을 애라고 한 엄마 말을 들었을 개 동생을 봐도 그렇고.

"포기해요. 이번 꼬리도 글렀어요."

이렇게만 말하고 방에 틀어박혔다. 3년 전에 기증이 취소됐을 때처럼 식음을 전폐하지는 않았다. 오히려 음식으로 뇌를 채워 사고 기능을 멈추려는 속셈으로 먹기만 했다. 과자, 아이스크림, 라면, 빵, 치킨, 떡, 딸기, 달고 느끼한 가짜 초콜릿도 잔뜩.

"그르긴 뭐가 글렀다는 건데? 엄마 답답하게 하지 말고 이 문 열라니까!"

엄마가 방문을 두드렸고, 나는 날 좀 내버려두라고 소리를 질렀다. 그러고는 꽝꽝 울리는 시끄러운 음악을 틀었다. 5202호 병실을 압도하고 지배하던 아름답고 생기 넘치는 꼬리가 떠오를 때마다, 손에 잡힐 듯하던 별을 놓친 듯 가슴이 뻐근했다. 너무 속상하고 참담해서, 죽고 싶다는 생각을 할 기운도 없었다. 한눈에 반했다가 실연당하면 이런 느낌일까.

부모님이 출근해서 조용해진 평일 오후, 에핑고로 메시지가 왔다.

거기, 단새미죠? 미아 누나 동생 진테오인데요, 누나가 다시 좀 보재요.

모래밭으로 휩쓸려 온 해초처럼 침대에 널브러져 있다가 벌떡 일어난
다. 진미아가 날 다시 보고 싶어 한다고? 끔찍했던 첫 만남에서 일주일이
지났다.

빨리 오는 게 좋을 거예요. 누나 상태가 안 좋아요.

할 말이 있으면 언제든 부르라고 말해 놓기는 했지만, 정말 연락이 올
줄은 몰랐다. 그것도 동생을 거쳐서. 테오란 애, 제 누나한테 우리 엄마가
한 말을 고자질하지 않은 걸까? 대답을 지체하자, 메시지가 또 왔다.

아 참! 누나한텐 말 안 했어요.

나는 무슨 말인지 알아들었고, 창피함에 듣는 사람도 없는 헛기침이 나
왔다. 기름진 머리를 감고 샤워하고 어쩔 수 없이 민트색 원피스도 다시
입고서 제14병원으로 달려갔다.

일주일 사이, 진미아는 더 수척해졌다. 상태가 안 좋다는 말은 과장이 아니었다. 벽에 걸린 교복에도 어쩐지 먼지가 내려앉은 듯했다. 무균실만큼이나 깨끗한 병실인데도 말이다. 그러나 꼬리만큼은 쌩쌩했다. 진미아 꽁무니에 꼬리가 달린 것이 아니라, 꼬리가 몸통을 매달고 있다고 해도 과언이 아니었다. 죽어 가는 주인을 아랑곳하지 않는 생명력이란 얼마나 잔혹한지.

일주일 동안 뇌세포에 달라붙어 떨어지지 않던 꼬리에서 억지로 시선을 돌렸다. 저번에 갖다준 초콜릿 상자가 침대 머리맡에 놓여 있다.

"너무 쓰던걸."

진미아 말에 나는 고개를 끄덕였다. 명랑한 곰 인형이 보이지 않아서 다행이라고 생각하면서.

진미아가 에펑고로 메시지를 보내자, 동생 테오가 병실로 와서 내 앞에 젤리를 내밀었다. 손님 접대인 모양이다. 고맙다고 웅얼거리고는 잠시 고민하다가 젤리 껍질을 깠다. 달콤한 딸기 맛.

"너희 둘, 서로 인사는 했지?"

테오는 그렇다는 뜻인지 눈썹을 치켜올리더니 소파에 누워서 게임을 시작했다. 나는 침대와 마주 보는 방문자용 의자에 앉아 젤리를 하나 더 먹었다. 어색하고 긴장돼서 뭐라도 해야 했다.

"나한테 뭐 궁금한 거 없어?"

내가 너한테? 네가 나를 시험하는 자리인 줄 알았거든, 난.

"질문을 바꿔야겠네. 내 꼬리에 관해 뭐가 궁금해? 넌 꼬리가 목적이잖아?"

따져 보면 틀린 말도 아니다. 꼬리 폐하를 뵈러 일주일간의 우울함을 벗어 던지고 달려왔으니까.

"그렇게 내가 못마땅하면서 기증은 왜 하려는 거야?"

'못마땅하다'란 말만 없었으면 감정을 배제한 중립적 질문이 됐을 테지만, 지금 내 기분으로는 이 정도가 최선이다.

"내가 하려는 게 아니라 부모님 뜻이야. 미성년자의 기증은 보호자가 결정하잖아. 꼬리 기증을 꺼리는 사람이 많지만 우리 부모님은 달라. 받은 만큼 사회에 돌려줘야 한다고 생각하거든."

"뭘 받은 만큼 돌려줘?"

진미아는 깡마른 손을 뻗어 쓰디쓴 초콜릿을 집더니 손안에 넣고 굴리면서 바스락거리는 소리를 냈다.

"나도 어릴 때 이식받은 꼬리거든."

진미아가 큭, 하고 웃음을 내뱉고 나서야 나는 내가 바보처럼 입을 딱 벌리고 있다는 사실을 깨달았다. 처음에는 농담인 줄 알았지만 깊고 어두운 눈을 보니, 진심이었다.

"재활용 꼬리란 얘기지. 어때, 정이 좀 떨어져?"

"그런 식으로…… 말하지 마."

"그런 식으로 말하지 마? 내 꼬리를 내가 어떻게 말하든 무슨 상관인데? 벌써 네 거라 이거야? 응? 97퍼센트쯤? 도덕적 결벽증을 추구하는 우리 고상한 부모님이 그렇게 높은 적합도를 놓칠 리 없으니까? 내가 죽자마자 널 수술대에 올릴 테니까?"

절박한 희망과 굴욕적인 수치심이 뒤엉켜서 나를 늪처럼 끌어당겼다. 병실을 뛰쳐나가고 싶었다. 영원히 시녀로 살지언정 이 못돼먹은 애 근처에는 얼씬거리고 싶지 않았다. 그와 동시에, 하루라도 빨리 수술대에 올라가 저 꼬리의 세 번째 주인이 되고 싶었다. 재활용 꼬리라고? 그게 어때서? 새 주인 몸에서 훌륭히 뿌리 내렸으니 우수성이 증명된 셈이잖아? 이식받은 꼬리가 일으킨 과도한 면역 반응 때문에 고생하는 사람이 얼마나 많은데. 기껏 이식받은 꼬리를 떼어 내는 경우도 드물지 않다. 그런 사람들 자살률은 몇 배일까? 그러니까 '정상인'과 비교했을 때 말이다.

"다른 질문은 없어?"

한참 지난 다음에, 진미아가 가라앉은 목소리로 물었다. 나는 욕설과 질문 중, 질문을 택했다.

"어디가 아픈 거야?"

"암이야. 몇 달 만에 급속도로 퍼졌어. 보다시피 꼬리는 멀쩡하니까 걱정 마. 꼬리까지 전이되기 전에는 죽을 테니까."

나는 거의 구원을 요청하는 심정으로 테오를 봤다. 하지만 걔는 자기 누나가 그 정도 심술을 부릴 자격은 있다는 듯 게임에 열중한 상태였다. 꼬리를 원한다면 혼자 힘으로 견디는 수밖에. 진미아가 나에게 낙제점을 매긴다면 고상하고 도덕적이라는 애 부모님도 어떻게 나올지 몰랐다.

"사실은 이 꼬리, 한 번도 내 것이라고 느낀 적이 없어. 언제나 낯설고 섬뜩했어. 이식 수술을 받은 다섯 살 때부터 줄곧 그랬다고. 불운을 가져오는 꼬리란 건 알아 둬야 할 거야."

뭐, 불운? 진미아가 꼬리를 이식받았다는 다섯 살 때 나는 어땠더라? 옆집 아줌마에게 꼬리 없는 사람은 불운을 가져온다는 말이나 들었다. 그때부터 오랫동안 아줌마에게 가짜 꼬리를 단 뒷모습을 보이지 않으려고 애썼다.

"불운은 꼬리가 없을 때나 따라붙는 거야. 조롱하고, 차별하고, 힐끔대고, 수군대고…… 그러다가 마침내 무시하지. 없는 사람처럼."

내 전문 분야가 나오자 느긋해지면서 긴장이 풀렸다. 훌륭한 꼬리가 생기는 상상을 하면 낯설고 불편했는데, 이제껏 겪은 일을 늘어놓으려니 이렇게나 쉽고 편안하다. 나는 초콜릿까지 갖고 와서 먹었다. 쓰다. 하지만 지난 15년은 이것보다 몇 배로 더 썼다. 그뿐인가? 시고 짜고 떫기까지 했다. 그 모든 맛이 휘젓고 간 내 삶은 이제, 아무런 맛도 없다.

"진미아 넌, 모든 걸 갖고 있잖아. 아파서 살이 빠지고 창백해서 그렇지, 예쁘다는 얘기 많이 들었을 것 같은데? 베개 옆에 있는 책을 보니 독서 수준도 꽤 높은 거 같고, 제14학교에 제14병원이라니 금수저잖아. 겨우 다섯 살에 꼬리 이식 수술을 받았다는 것도 엄청난 행운이야. 나는 15년을 기다렸어."

네 변덕에 따라서 20년이 될 수도, 30년이 될 수도 있고 말이지.

"그래, 난 모든 걸 갖고 있지. 맹렬하게 퍼지는 암세포까지도."

모든 것을 가졌다가 잃는 사람과 잃을 것이라고는 처음부터 아무것도 없는 사람. 둘 중 하나를 선택하라면 넌 어떡할래, 진미아?

"네 말이 맞아, 단새미. 난 예쁘고 공부도 잘하고 인기도 많았어. 부잣집에서 부족함 없이 자랐지. 내 계좌에는 엄마가 넣어 준 유학 비용이 아직도 날 기다리고 있어. 네 말대로 나, 똑똑하고 잘났어. 암세포만 사라진다면 지금이라도 세상으로 달려 나가서 보란 듯이 성공할 자신이 있다고. 하지만 그 온갖 것을 손에 쥐고도 날마다 불안하고 초조했어. 외롭고 공허하고 갈피를 잡을 수가 없었어. 내 인생의 주인이 내가 아니라 이 꼬리 같았으니까. 봐, 정말 윤기가 흐르고 매끈하지 않아? 이렇게 길고 건강한 꼬리를 본 적 있니? 어딜 가나 눈에 띄어서 다들 부러워하고 칭송해. 네 말대로 행운이지. 부모님은 이렇게 훌륭한 꼬리를 이식받는 행운을 얻었으니 꼬리에 걸맞은 사람이 돼야 한다고 항상 얘기했어. 난 정말 그런 사람이 되려고 죽도록 노력했다고. 누가 알아, 그 스트레스 때문에 암이 생겼는지."

내 귀에는 결과에 원인을 끼워 맞춘 억지로 들렸다. 진미아, 너만 공허하고 외롭다고 자신하지 마. 네 불안과 초조를 승리의 깃발처럼 휘두르지 마. 나는 꼬리도 없이 그렇게 살아왔으니까.

"이 꼬리를 갖게 되면, 너도 나처럼 될까 봐 무섭지 않아?"

"글쎄, 별로. 난 나대로 살아갈 테니까."

"이 꼬리가 그렇게 놔두지 않을 텐데. 고집 세고 제멋대로인 꼬리거든. 아주 힘이 세지. 난 통제하는 방법을 겨우 터득했지만, 넌 그렇게 안 될 거야. 이 꼬리에 끌려다니게 될 거야. 원치 않는 장소에 가서 여기가 어디인가 두리번거리겠지."

"꼬리를 의인화해 봤자, 꼬리에 인격이 생기지는 않아. 그냥 신체 기관일 뿐이잖아. 약간의 감정과 의사 표시 말고는 별다른 기능도 없고."

이를테면 발표하고 싶을 때는 꼬리를 든다. 의기양양한 감정을 표현하고 싶으면 넓은 반경으로 꼬리를 휘두르고, 긴장하거나 움츠러들면 다리에 꼬리를 휘감고…… 등등. 드라마나 영화를 볼 때마다 난 배우들이 꼬리를 어떻게 다루는지 주목한다. 평소에 배우고 익혀 둬야 꼬리가 생겼을 때 능숙하고 요긴하게 써먹을 수 있다.

"별다른 기능도 없는 꼬리를 넌 왜 그렇게 갖고 싶어 하는데?"

"너무 어릴 때 이식 수술을 받아서 기억을 못 하는 모양인데, 꼬리가 없는 사람은 이 사회에서 제대로 살아갈 수가 없어. 정상인이 아니라고."

"바로 그거야. 쓸데없이 길어서 거추장스럽기만 한 꼬리에 너도나도 집착하는 거, 이상하지 않아? 정상이니 비정상이니 구분하면서 말이야."

"그런 식이면, 벌거벗고 거리를 돌아다녀도 상관없겠지. 옷이란 거추장스러운 천 쪼가리니까. 원시인은 나뭇잎 같은 걸로 대충 가리고도 잘 살았잖아?"

"와, 대단한데? 진짜 이 꼬리에 딱 맞는 대기자가 나타났네. 부디 꼬리와 함께 승승장구하렴. 내가 못다 이룬 성공을 하나하나 이루면서 말이야!"

진미아는 뭐가 재미있는지 숨이 넘어가도록 웃어 젖혔다. 그러더니 기운을 소진하고는 옆으로 쓰러져서 밭은기침을 뱉었다. 테오가 와서 약을 먹였는데도 기침이 잦아들지 않아서 의료진을 호출해야 했다.

"얼마 안 걸릴 테니까 밖에서 좀 기다려."

의사와 간호사에게 둘러싸인 진미아가 고통스러워하면서도 나를 보며 말했다.

나는 복도로 나가서 벽에 기대선 채 창밖을 내다보았다. 얼마 안 걸린다더니 30분이 지나서야 의료진이 나왔다.

"상태가 안 좋아서 강력한 진통제를 맞았어. 종일 잘 테니 내일 다시 와야 할 거 같아."

테오가 다가와서 말했다. 나보다 두어 살은 어릴 텐데도 어느 결에 반말이다. 우리 엄마가 지은 죄도 있으니 비긴 셈 치자고. 고개를 끄덕이고 돌아서자 테오가 따라온다.

"너희 누나, 정서적으로 좀 불안해 보이는데 내가 계속 와도 되는지 모르겠어. 나 때문에 더 흥분하는 거 같기도 하고."

"원래는 저렇지 않았는데 아프고 나서 변한 거야. 그런 거 신경 쓰지 말고 그냥 와 주면 안 돼? 이제 시간이……."

말끝을 흐리는 테오.

"그래 뭐, 알았어."

나는 엘리베이터 버튼을 누르며 대답했다. 아쉬운 쪽은 기증자가 아니라 대기자였다.

빠지면 새로 나는 이빨처럼

"집에 가서 생각을 해 봤는데, 네가 어제 말한 다른 세상 말이야. 일종의 다중 우주."

나는 테오가 준비해 놓은 젤리를 먹으며 말했다.

진미아는 침대에, 테오는 소파에, 나는 방문자용 의자에. 어제와 똑같지만 진미아가 다르다. 상태가 더 나빠졌다. 숨을 쉴 때마다 목에서 가래 끓는 소리가 났다.

"겨우 하룻밤 동안 골똘히 생각해 봤다는 거지?"

다르면서도 똑같구나, 얘는. 말꼬투리를 잡아 빈정거리더니 일순 어두운 표정이 된다. 어제 나를 배웅하던 테오처럼.

"하긴 하루도 짧은 시간은 아니지. 매일 밤 잠들 때마다 생각해. 나한텐 내일이 없을지도 모른다고. 통증 때문에 깨면 또 이렇게 생각하지. 아, 또 눈을 떴네."

무슨 말을 할지 몰라 가만있었다. 죽어 가는 또래를 앞에 두고서도 동정심이나 연민이 일지 않았다. 시시각각 생명력을 더해 가는 듯 펄펄한 꼬리를 보면 내가 누구를 위로하나 싶어서였다. 타고난 빈털터리가 파산에 내몰린 부자를 걱정한다면 우스운 일이다. 어떤 상황에서든 꼬리는 값비싼 유산으로 남을 테니까.

"아무튼, 무슨 생각이었는데?"

진미아가 나를 보고 물었다.

"별건 아니고, 네가 상상한 세계가 어떤 모습인지 그냥 좀 궁금했다는 거지."

책이든 만화든 드라마든, 나는 이야기를 좋아하고 그 안에 펼쳐지는 세상에 호기심을 느낀다. 지금 여기만 아니라면 다른 어디든 좋다는 기분이 들 때가 많아서일까. 진미아가 창조한 세계라 해서 차별할 이유는 없었다.

"뭐가 궁금했는지 말해 봐. 대답해 줄게."

질문과 답변을 즐기는 취향인지 진미아가 눈을 빛냈다. 잠깐일지라도 생기를 되찾은 모습이 솔직히 말하자면, 보기에 나쁘지 않았다.

"사소한 거야. 예를 들면, 거기도 에핑고랑 마므가 있나 해서."

"비슷한 건 있지만 이름이 달라. 폰과 넷. 폰은 에핑고만큼 기능이 많지는 않아."

폰? 넷? 이상한 이름이다.

"그 세상 사람들은 어떻게 살아가?"

"먹고 마시고 번식하고 태어나고 싸우고 죽고 분노하고 화해하고 사랑하고 파괴하고, 그렇게 살아가지."

"여기랑 똑같다고?"

"인간이잖아."

"그건 그렇지만, 꼬리가 없는데도 똑같이 살아간다는 게 이해가 안 가."

"그게 무슨 상관이야. 꼬리가 하는 일이 뭐 있다고. 제모하고 크림 바르고 뽀루지 짜고, 난 좀 귀찮던데."

"꼬리가 없으면 바로 그런 걸 못 하잖아. 제모하고 크림 바르고 뽀루지 짜고, 그런 일들."

"못 하긴, 다른 데를 더 열심히 가꾸겠지. 다음 질문은?"

"꼬리가 없으면 돈과 시간과 관심을 어디에다 써? 가꾸고 자랑하고 비교할 대상이 없는데."

"단새미 넌? 넌 어떻게 하는데?"

질문의 화살을 나에게 돌리는 진미아에게 말려들지 않으려고 뜸을 들였다. 온종일 방구석에 머무느라 남아도는 시간에 꼬리 달린 삶을 훔쳐보고 상상한다고 고백할 수는 없었다.

"나한테 그런 거 묻지 마. 꼬리에 관해서라면 난 없는 사람이나 마찬가지야. 너도 날 시네라고 불렀잖아."

"그건 미안. 나보다 오래 살아남을 사람들을 보면 못되게 굴고 싶어질 때가 있거든."

"뭐, 미안할 것까진 없어. 무슨 말인지 알겠으니까."

예상치 못한 사과에 당황한 나머지 나온 말이었다. 그러자 진미아는 어깨를 으쓱하며 내 용서를 냉큼 받아들였다. 고개를 돌려 소파를 보자, 마침 눈이 마주친 테오도 어깨를 으쓱했다. 참 나, 누가 남매 아니랄까 봐.

진미아가 에핑고로 뭐를 찾아서 내밀었다. 상어 이빨 사진과 설명이었다. '상어는 일평생 이빨이 빠지고 새로 나기를 반복한다. 이빨이 떨어져 나가도 새로운 이빨이 생겨나는 것이다. 실제 쓰이는 이빨 뒤편으로는 예비 이빨들이 순서를 기다리고 있다'. 상어 입속에는 크고 작은 이빨이 가득했다.

"인간의 욕망이란 거, 상어 이빨하고 비슷하지 않아? 한 가지 욕망이 빠져나가면 그 자리를 다른 욕망이 차지하잖아. 꼬리 없는 사람들 세상에서도 꼬리 말고 다른 것이 꼬리를 대신할 거야. 빠지면 새로 나는 이빨처럼."

꼬리 없는 사람들 눈에는, 꼬리에 값비싼 화장품을 바르고 온갖 장신구를 달고 성형 수술까지 하는 사람들이 이상해 보일까? 여기에서는 숨 쉬듯 당연한 일인데 말이다.

"그 세상에 꼬리 달린 사람은 없어?"

"드물게 태어나지만 꼬리를 잘라 버려서 눈에 띄지 않아. 안 그러면 인생이 괴로워지거든."

이식보다는 절단이 간편하겠네. 기증자도 필요 없고.

"그런 식으로 날개 달린 사람, 눈이 셋인 사람, 뿔 있는 사람도 다 사라졌어. 단새미, 네가 사라지려 하는 것처럼."

꼬리 없는 내가 사라진다면, 그 자리는 꼬리 있는 내가 차지하겠지. 대체된 욕망처럼, 새로 난 이빨처럼. 기쁜 일인지 슬픈 일인지 모르겠지만한 가지는 분명하다. 나에게 필요한 일이라는 것. 나는 꼬리가 필요했다.

"네 꼬리 말이야, 기증자는 어떤 사람이었어?"

내가 발붙이고 살아가야 하는 세상으로 돌아와 물었다.

"글쎄……."

진미아는 양손의 손가락 끝을 서로 맞대어 둥그스름한 지붕처럼 만들고는 뭔가 생각하는 표정이 되었다. 나도 고개를 숙이고 잠시 딴생각에 빠져 있는데, 소파에 누워서 게임을 하던 테오가 에핑고를 내던지더니 일어나서 달려왔다. 그새 진미아가 침대에 엎어진 채 발작을 일으키고 있었다. 인공호흡기 마스크 안쪽으로 핏방울이 튀더니 굴곡을 타고 흘러내린다.

"누나! 누나!"

테오가 진미아를 바로 눕히고는 어깨를 흔들며 부르짖었다. 나는 의자에서 일어나 뒷걸음질 쳤다. 이게 죽음인가? 이것이? 진미아가 죽으려 한다. 하필이면 지금, 내 눈앞에서.

병실 문이 열리더니 의료진이 뛰어 들어왔다. 침대째 병실을 빠져나가기 직전, 진미아가 갑자기 눈을 떴다. 그러더니 옆에 붙어선 동생에게 뭐라고 말한다. 테오가 나를 돌아보며 눈짓했다. 제 누나가 날 부른다는 뜻이었다.

나는 후들거리는 다리로 진미아에게 다가갔다. 가기 싫어도 가야 했다. 피로 얼룩진 마스크 가까이 귀를 가져간다. 가래 끓는 소리 사이로 가느다란 목소리가 새어 나왔다.

나는 귀를 의심했다. 믿을 수 없는 얘기였다. 말도 안 되는 말을 힘겹게 이어 가던 진미아는 한마디를 덧붙이려다 말고 호흡 곤란을 일으키며 몸을 뒤틀었다.

진미아 몸에 주렁주렁 매달린 기계 장치에서 절망적으로 높은 삐 소리가 났다. 탐스러운 꼬리가 공중으로 솟구쳤다가, 떨어져 내린다.

끝이구나, 나는 생각했다. 나에게는 시작이 될 끝이었다.

집으로 돌아가지 않고 중환자실 앞에서 기다렸다. 무엇을 기다리는 걸까. 진미아의 죽음? 진미아의 꼬리? 아닌 척하는 가식을 걷어 내면 그 둘은 결국 같은 얘기였다. 진미아가 죽지 않으면 꼬리는 내 것이 되지 않으니까. 난 오늘 당장 입원해서 내일이면 수술을 받게 될지도 모르고, 다시 몇 년이든 대기자로 살아가게 될지도 몰랐다. 진미아가 혼수상태에 빠졌으니, 법적 보호자인 부모가 결정할 문제였다.

한 시간쯤 지났을까, 조용한 발걸음 소리가 들려왔다. 키가 크고 자세가 곧은 중년 여자가 긴 복도를 걸어왔다. 눈도 얼굴도 입술도 목도 빨개진 테오가 같이 온다.

"네가 새미로구나? 나는 미아 엄마야."

만나기는 처음이지만 이 사람, 1순위 대기자인 나에 관해 알아야 할 정보는 다 알아 두었을 것이다. 유전형 완전 일치, 조직 적합도 97퍼센트, 같은 성별에 비슷한 나이…….

"미아가 너한테 마지막 말을 남겼다고 들었는데, 무슨 말이었는지 물어봐도 될까?"

진미아의 엄마가 옆에 앉더니 물었다. 각오해 둔 슬픔인지 의연하게 행동하려 애쓰는 듯 보였으나 오른쪽 다리에 휘감아 둔 꼬리가 흐느끼듯 떨렸다.

나는 진미아가 내 귀에 대고 힘겹게, 한 단어씩 끊어서 전달한 짧은 말을 떠올렸다. 죽음이 코앞에 닥친 상황에서 뇌가 꾸며 낸 그 허무맹랑한 얘기를.

"예전에……."

한참을 주저하다가 말을 이으려는데, 복도 끝에서부터 허둥대며 달려오는 엄마와 아빠가 보였다. 진미아네 부모님이 연락한 모양이었다. 나는 땀이 배어 나오는 손으로 원피스 자락을 움켜쥐었다. 심장이 뛰고 가슴이 옥죄어 왔다. 진미아, 왜 나한테 유언 같은 걸 남겨서 곤란하게 하는 거야? 난 네 가족도 친구도 아닌데, 네 꼬리를 탐내는 대기자일 뿐인데!

"그러니까 예전에……."

진미아의 엄마가 내 쪽으로 몸을 기울였다. 눈에 눈물이 글썽글썽한 테오도 귀를 쫑긋한다.

"예전에 기증받은 꼬리를 이제는 저한테 주고 싶다고, 자기 몫까지 열심히 살아 달라고 했어요. 하고 싶은 게 참 많았다면서요."

진미아의 엄마가 더는 참지 못하고 울음을 터뜨렸다. 들썩이는 몸 너머로 테오와 눈이 마주쳤다. 거짓말하지 마, 하고 붉은 눈이 말했다. 그 소리 없는 말에 나는 어깨를 으쓱해 보이려다가 관뒀다.

어차피, 여기 말고 다른 세상은 없다.

3부

제14학교

꼬리 이식자를 위한 안내서:
수술 후 부작용

"어머, 새미야. 학교 가니?"

바퀴 달린 트렁크를 끌고 집을 나서자, 꽃밭을 가꾸던 옆집 아줌마가 말했다. 내 이름을 알기는 알았군. 이식 수술을 마치고 돌아오니, 옆집 뜰 울타리에서 로벨리아가 절반은 사라져 있었다. 그 빈 땅에 아줌마가 이른 아침부터 웬 식물의 알뿌리를 심는다.

"어쩜 그렇게 교복이 잘 어울릴까. 앞으로는 인생이 활짝 피어날 일만 남았구나."

엄마는 나만 보면 '어쩜 그렇게 꼬리가 잘 어울릴까!'라고 말한다. 듣다 못해 어젯밤에는 그만 좀 하라며 성질을 부렸다. 담당 의사 말로는, 꼬리 이식 수술을 받고 나면 호르몬 변화로 한동안은 기분이 들쑥날쑥할 거라고 한다.

"얼마 있으면 이 꽃도 피어나겠지. 마돈나 백합이란다. 아주 예쁘고 우아한 꽃이야."

진미아의 장례식장에 가득했다던 흰색 백합. 그 애는 일주일간 혼수상태에 빠져 있다가 죽었고, 나는 그날로 꼬리를 이식받았다.

귀에서 삐 소리가 난다. 진미아가 발작을 일으킬 때 기계 장치에서 울리던 소리처럼.

"얘! 갑자기 안색이 창백해지고, 어디 아프니?"

아줌마가 백합 알뿌리를 들고 일어났다. 알뿌리에서 흙이 떨어진다. 나는 머리를 흔들어 이명을 털어 내려 했지만 삐 소리는 젖은 흙처럼 고막에 들러붙었다. 비틀거리며 돌아서려는데 아줌마가 다가왔다.

"새 환경에 적응하려다 보니 스트레스를 받는 모양이구나. 그럴 만도 하지, 없던 꼬리가 하루아침에 생겼잖니. 집에만 있다가 학교에도 다니게 됐고. 오늘이 첫 등교지? 너 이러는 거 보니까 백합병이 아닌가 싶어. 백합 비늘줄기를 먹으면 효과가 있다고 해서 백합병인데, 마음이 불안하고 심장이 두근거리고 그러는 병이지. 스트레스가 많거나 크게 앓고 나면 생긴다더라. 딱 네 경우 아니니?"

당장 먹어 보라는 듯 내미는 알뿌리에서 비릿한 흙냄새가 풍겼다. 토할 것처럼 입안 가득 신 침이 고인다. 마주칠 때마다 등 뒤에서 로벨리아 꽃잎을 뜯어 날리더니, 나에게 꼬리가 생기자 정다운 이웃인 척 돌변한 태도가 역겨웠다. 그 축축한 덩어리 좀 치우라고요, 생각하자마자 꼬리가 뻗어 나가 알뿌리를 후려쳐서 떨어뜨린다. 깜짝 놀란 아줌마는 손을 뒤로 뺐다.

"죄송해요. 저도 모르게 그만……."

입속으로 웅얼거리고는 도망치듯 골목길을 벗어났다. 내 등에 대고 아줌마가 병원에 가 보라고 소리쳤다.

버스 정류장으로 걸어가는 동안 구역질이 가라앉고 이명도 사라졌다. 이마에 배어 나온 땀이 바람에 식는다. 예쁘고 우아한 꽃이 피어난다는 알뿌리를 쳤을 때 아줌마 얼굴에 떠오르던 얼빠진 표정을 떠올리자, 꼬리가 웃음을 터뜨리듯 머리 위로 솟구쳐 올랐다. 나는 멈춰 서서 꼬리를 올려다봤다. 얌전히 내려오게 하고 싶은데 마음대로 안 된다. 이제 내 것이지만 여전히 남의 것 같다. 이식받은 꼬리를 내 손발처럼 제어하려면 시간이 걸린다고는 들었다. 이제 반년이 지났다.

제14학교로 가는 버스가 왔다. 계단에 올라서서 꾸물대다가 버스 문에 꼬리가 끼일 뻔했다. 아슬아슬하게 사고를 면하고 허리에 휘감기는 꼬리. 반년 동안 적응 훈련을 받았는데도 꼬리를 다루는 일이 쉽지 않다. 하루에도 몇 번이나 문틈에 끼이거나 밟을 뻔하고, 다리에 감겨들어 기우뚱하고, 자다가 등 밑에 깔려서 저리고…… 잃어버린 꼬리를 찾아다니며 울다가 깨면 꿈이었고, 썩은 이가 빠지듯 꼬리가 떨어져서 기겁하면 그것도 꿈이었다. 한번 깨면 다시 잠들지 못하고 뒤척이다가 아침을 맞았다. 짙은 어둠 속에서, 어슴푸레하게 밝아 오는 새벽빛 속에서, 진미아를 생각했다. 그 애가 남긴 마지막 말을 가족에게 제대로 전달했다면 이렇게 찜찜하지 않고 홀가분했을까.

"어서 오세요. 반갑습니다!"

운전기사가 웃으며 인사했다. 자율 주행 택시만 이용하던 예전에는 몰랐는데, 노선에 학교와 병원이 포함된 버스는 자율 주행을 하더라도 운전 기사가 탑승하게 되어 있다.

"안녕하세요."

나는 꼬리를 들어 부드러운 곡선을 그렸다. 가벼운 호의와 고마움을 표시하는 방법이다. 병원에 딸린 꼬리 적응 센터에서 훈련받을 때, 이 동작이 특히 어려웠다. 쉬워 보여도 꼬리를 움직이는 각도와 강도를 무심한 듯 세심하게 조절해야 했다. 새로 생긴 꼬리로 정교한 동작을 하려니 실수 연발이어서, 꼬리로 허공을 휙 긋고 말거나 너무 굴곡을 주어서 우스꽝스러운 모양새가 되고는 했다. 실전에서 이 정도면 합격점이다.

에핑고로 요금을 정산하고 통로를 걸어가는 동안, 승객들 시선이 나에게 쏠린다. 매혹당한 듯 꼬리로 빨려드는 시선, 내가 진미아에게 달린 꼬리를 보며 그랬듯이. 꼬리에 화려한 모조 털을 휘감은 여자가 나를 향해 꿀처럼 달고 진득한 웃음을 지었다. 나는 등을 꼿꼿이 세우고 천천히 걸어갔다. 부드럽고 푹신푹신한 카펫이 발밑에 깔린 것만 같았다. 몇 달 전까지만 해도 내 인생은 좁고 울퉁불퉁한 자갈길이었는데 말이다. 맨 뒷자리에 앉자, 앞사람이 몸을 돌려서 내 꼬리를 본다. 뒤로 감추려 해도 말을 듣지 않고 통로로 뻗어 나가는 꼬리. 햇빛을 즐기려는 넝쿨처럼.

'고집 세고 제멋대로인 꼬리거든. 이 꼬리에 끌려다니게 될 거야. 원치 않는 장소에 가서 여기가 어디인가 두리번거리겠지.'

진미아가 한 말이 떠올랐다. 자갈길도 아니고 꽃길을 끌려다닌다면 그게 뭐 문제라고, 생각하는데 귀에서 또 삐 소리가 울린다.

에핑고에서 '꼬리 이식자를 위한 안내서'를 찾아 '수술 후 부작용' 항목을 열었다. 불안, 초조, 우울감, 분노, 권태, 일시적 피로와 두통, 불규칙한 심장 박동, 오한, 발열, 발진, 부종…… 끝도 없이 긴 부작용 목록 어딘가에 이명도 있었다. '대부분 일시적 현상이며 1년 안에 사라진다'라는 부분에 형광펜 표시를 해 둔다. 이명은 영원한 꼬리에 따르는 일시적 부작용일 뿐이다. 이제 나는 시네가 아니야. 화장실에서 숨죽여 울지 않아도 된다고! 엄마는 얼마 전, 내가 태어나고 처음으로 꼬리 미용실에 다녀왔다. 딸이 제14학교에 합격했다고 하니 다들 부러워했다면서, 마사지를 받아 반들거리는 꼬리를 팔에 걸쳐 놓고 손날로 쓰다듬던 엄마. 자랑스러운 딸이라는 경품에 당첨된 사람처럼 행복해 보였다.

트렁크가 쓰러지려 해서 다리로 받쳤다. 교칙에 따라 월요일부터 금요일 오후 5시까지는 학교에서 기숙사 생활을 해야 한다. 이식자 사회 적응 프로그램에서 주는 특별 장학금 덕분에 제14학교에 다니게 되었다. 알고 보니 교복 맞추는 비용까지 나왔다. 물론 편입 시험과 면접은 내 힘으로 통과했지만, 진미아 부모의 도움도 받았다. 테오를 거쳐 보내 준 예상 문제지가 꽤 쓸 만했다. 그 집에서는 내가 제14학교에 다니며 진미아처럼 우등생이자 모범생이 되기를 바랐다. 죽은 딸의 꼬리를 가져갔으니 그 애 삶도 이어서 살라는 뜻일까.

면접 날, 교장이 이 학교에 들어오면 어떤 학생이 되고 싶으냐고 물었다. 나는 연습해 둔 모범 답안대로, 기증받은 꼬리에 부끄럽지 않은 학생이 되겠노라 대답했다. 면접관으로 참석한 교사들 눈에 어리던 눈물. 진미아를 향한 추모와 애도였다.

면접 날을 회상하다가 정신을 차리니, 나도 모르는 사이 엉뚱한 곳에 내려서 길 한중간에 서 있었다. 여기가 어딘데 내렸지? 처음 와 보는 한적한 주택가였다. 하차한 기억조차 나지 않았다.

이것도 이식 수술 부작용인지 고민하며 나는 다음 버스를 기다렸다.

특별 장학생

새 학기 첫날이라 그런지 학교가 북적인다. 짐을 옮겨 주러 온 학부모와 차는 정문 아래쪽 주차장까지만 진입할 수 있어서, 그곳이 이별 장소가 되었다. 금요일 저녁이면 만날 텐데도 부모들은 아쉬워하며 아들딸을 껴안고 어루만졌다. 꼬리에 매단 털 장식, 보석, 스카프…… 온갖 화사하고 반짝이는 것들이 잘 손질된 꼬리에서 흔들렸다. 학생들은 학교에서 허가한 꼬리 장신구인 제14학교의 로고, 교표를 달고 있다. 우리 집에서도 합격 선물로 하나 사 줄까, 했다가 가격을 보고는 없던 일이 됐다. 엄지손가락만 한 쇠붙이가 교복 한 벌보다 비싼 데다가 장학금 지원 품목도 아니었다. 여기 모인 애들 교표를 모으면 우리 집 한 해 생활비는 거뜬할지도.

하지만 아무리 값비싼 꼬리 장신구도 그 자체로 멋진 꼬리에는 미치지 못하는 법이다.

내가 찌그러진 트렁크를 끌고 주차장에 진입하자, 침묵 버튼이라도 누른 듯 사방이 고요해졌다. 다들 내 꼬리만 봤다. 꼬리가 최대한 넓고 크게 반원을 그리며 봄바람처럼 살랑인다. 진미아가 미지의 기증자에게 받아 화장수와 크림을 바르고, 각질을 제거하고, 마사지와 영양제로 관리하다가 나에게 넘긴 꼬리. 그 모든 노력 이전에 타고나기를 아름답게 타고난 최고의 꼬리가, 주인에게 허락도 받지 않고 하늘거리며 탁월함을 뽐냈다. 나는 그런 꼬리를 제어할 능력이 없을뿐더러, 별로 그러고 싶지도 않았다.

지금 이 우주의 주인공은 나, 단새미였다. 내 우주가 커튼을 꽉 아물려 단 구석방에서 제14학교로, 온 세상으로 넓어졌다.

내 고물 트렁크가 알록달록한 스티커로 뒤덮인 커다란 트렁크를 건드렸다.

"아, 죄송해요."

살짝 물러나며 사과하자, 뭔지 모를 불쌍한 동물의 모피를 꼬리에 휘감은 중년 여자가 손을 내저으며 괜찮다고, 정말이지 괜찮다고 대답했다. 그 여자와 닮은 남자애가 얼른 자기 가방을 치워서 길을 내줬다.

나는 수십 명은 되는 사람들 시선을 한 몸에 받으며 버스 통로보다 훨씬 더 긴 진입로를 걸어갔다. 교문으로 들어서자, 마침내 결승선 통과다. 앞으로 거쳐야 할 수많은 결승선 중 하나였다.

"미아야!"

누군가 등 뒤에서 외치더니, 꼬리 끝을 둥글게 말아서 내 손목을 휘감았다. 유대감과 애착을 드러내는 표현이다. 꼬리 적응 센터에서도 여러 번 연습했다. 엄마와 아빠가 나뿐만 아니라 서로에게도 하지 않는 동작이라고 하자, 치료사는 고개를 끄덕였다. 시네 카우다 증후군 환자의 가족은 가정에서 꼬리를 이용한 감정과 의사 표현을 자제하는 경향이 있다면서.

그런데 내 손목을 감싼 이 꼬리, 어딘가 어색하다. 마프에서 멋진 꼬리를 볼 때마다 에핑고의 '미래' 폴더에 저장해 두었던 나는, 무엇이 문제인지 간파했다. 끝부분에 한 뼘쯤 되는 연장꼬리가 달려 있다. 연장꼬리는 평균보다 짧은 꼬리에 사용하는 보조 도구다. 진짜처럼 정교하게 제작한 고급품이라 이렇게 가까이에서 들여다본다 해도 웬만하면 알아차리지 못할 것이다. 나처럼 꼬리와 관련된 수술과 시술 사례를 샅샅이 찾아본 사람이 아니라면 말이다.

나는 뒤를 돌아보았다. 내 얼굴을 확인한 여자애가 움찔 놀라며 꼬리를 거두었다.

"미안해. 꼬리를 보고 착각했어."

이 학교에서 샛별처럼 반짝이던 진미아가 반년 전 죽었다는 사실을 애가 모를 리 없다. 내가 회복실에 있는 동안 열린 장례식에도 갔을 테고. 이 꼬리가 내뿜는 존재감이 상실의 기억을 억누를 만큼 강력한 것일까.

"아냐, 괜찮아. 그럴 수도 있지."

이번에는 내가 꼬리를 뻗어 상대의 손목을 감았다. 가볍고 부드럽게, 그렇지, 힘을 빼고 사교적으로. 치료사가 보았다면 솜씨가 늘었다며 칭찬해 주었을 텐데. 나는 긴장을 풀며 꼬리도 풀었다.

"단새미 맞지? 난 한나야. 고한나."

"아, 그래. 내 이름은 어떻게 알았어?"

"그게, 미아 꼬리를 기증받은 특별 장학생이 들어올 거라고 소문이 돌아서……."

한나의 시선은 내 꼬리에 붙들려 있었다. 온전하고 우월한 꼬리를 향한 부러움이 느껴졌다. 나에게는 익숙한 감정이다. 그 감정의 주체가 아니라 대상이 된 점만큼은 아직 낯설지만.

한나가 본관 건물로 들어가자, 나는 에핑고로 제14학교 애들이 개설한 채팅방을 검색해 보았다. 몇 개가 나왔는데 그중 하나는 참여자가 전교생 숫자와 맞먹었다. 초대받은 사람만 본인 인증을 거쳐서 들어가는 방이었다. 혹시나 싶어서 꼬리 끝을 미문 인식창에 가져다 대니 '인증 성공'이란 말과 함께 채팅방이 열렸다. 꼬리를 이식받으면 꼬리 끝에 있는 고유한 미문까지 물려받는다. 미문 인증으로 로그인하는 공공기관 사이트는 대개 새로운 주인 이름으로 다시 등록하게 마련이지만, 이런 자잘한 채팅방이나 사이트는 일일이 찾기도 힘드니 방치하게 된다. 진미아가 생전에 접속 알림이 뜨지 않는 '유령 입장'을 선택해 두어서, 채팅방 참여자들은 진미아인 척하는 단새미가 입장했는데도 알아차리지 못했다. 알았다면 그야말로 진짜 유령 입장이라 소동이 벌어졌을 텐데.

채팅방은 진미아의 꼬리를 달고 등장한 특별 장학생을 두고 소문과 잡담으로 와글거렸다.

- 굳이 우리 학교에 올 건 또 뭐야? 미아 떠난 지 얼마나 됐다고!
- 그러니까, 뻔뻔하게.
- 학교도 안 다니고 재택 교육 받던 애래.
- 장학금을 받았대. 그 왜, 이식자들한테 주는 돈 있잖아.

- 편입 시험에서 엄청 고득점이었다던데?
- 이식자 가산점 같은 게 있었겠지. 재택 교육으로 뭘 얼마나 제대로 배웠겠어.
- 암튼 다 미아 꼬리 덕분이네? 원래 우리 학교는 꿈도 못 꿨을 애잖아.
- 사람은 자기 주제와 분수를 알아야 된다고 우리 아빠가 그랬는데.
- 걔 때문에 학교 분위기 망가지는 거 아냐?
- 저기 온다!!!!!!
- 뭐야, 진짜 미아 꼬리잖아?
- 통째로 이식받았는데 그럼 진짜지 가짜겠냐.
- 꼬리가 좀 빈약해진 거 같지 않아?
- 가난한 특별 장학생이잖아. 꼬리 미용실을 못 다녀서 그렇겠지.
- 뭘, 내 눈엔 미아 꼬리 그대로인 거 같은데?
- 으, 그게 더 섬뜩해.

에핑고에서 눈을 들자, 길을 지나며 내 꼬리를 힐끔거리던 애들이 뭐라도 들킨 표정으로 꼬리를 들어 보였다. 안녕, 인사하는 동작이다. 채팅방에서는 날 그렇게 깔보고 헐뜯으면서, 진미아가 통째로 물려준 꼬리 앞에서는 알랑거리다니. 나는 트렁크를 가져다 놓을 기숙사 쪽으로 돌아섰다. 누구보다 긴 꼬리가 커다랗게 원을 그리면서 애들 몇몇을 아슬아슬하게 스쳐 간다.

질 좋은 기름과 오랜 손때가 묻어 반들거리는 나무 손잡이를 밀자, 정면에 난 커다란 창이 보였다. 창가에 걸린 진미아의 교복이 환상처럼 눈앞에 아른거리는 듯했으나 그 유품은 장례식 날 불태웠다고 들었다.

창문 양쪽으로 책장이 딸린 책상과 침대가 하나씩 놓였고, 침대 발치에는 옷장과 서랍장이 있다. 2인 1실이라 누군지 모를 룸메이트가 오른쪽 공간에 미리 짐을 가져다 뒀다. 책상에는 자질구레한 물건이 한가득 쌓여 있고(아기 기린 모양 스탠드, 반쯤 쓴 파란 털실 타래, 견과류 껍데기를 모아서 만든 아프리카 악기, 여러 번 읽었는지 귀퉁이가 말린 소설책들……) 침대에는 앵무새가 그려진 이불을 깔아 두었다.

문 옆 거울에 내 모습이 어린다. 5202호 병실에서 본 것과 똑같은 교복을 입은 나, 그 옷에 어울리는 꼬리가 생긴 나. 남을 보듯 거울 속 나를 본다. 홀린 듯이, 뚫어지게, 넋이 나간 표정으로.

"너구나, 이번 학기에 편입한 특별 장학생이?"

문간에서 들려오는 말소리에 고개를 돌리니, 예쁘장한 여자애가 팔짱을 끼고 서 있다. 꼬리 끝에 고정한 교표가 문틀을 건드리며 경쾌한 소리를 냈다.

"난 옆방 유해리야. 너랑 같은 학년이고. 들어가도 돼?"

그러더니 대답을 듣지도 않고 들어온다. 유해리는 방을 둘러보더니 새하얀 실내화를 신은 발로 오른쪽 침대를 툭툭 건드렸다. 그러더니 한두 발짝 다가와 고개를 빼고는 내 꼬리를 살펴본다.

"정말 진미아 꼬리네?"

내가 대답하듯 꼬리를 꿈틀거리자, 유해리는 화들짝 놀라는 척하며 뒤로 물러났다.

"야, 조심해. 닿을 뻔했잖아."

누가 보면 내 꼬리가 닿기만 해도 살갗이 녹는 독극물이나 징그러운 구렁이라도 되는 줄 알겠다.

"그 꼬리, 소문 들었어?"

소문이라니, 나 말고 이 꼬리에? 진미아 이전에 다른 주인이 있었다는 걸 혹시 아나? 진미아는 어릴 때 먼 도시에서 이식받고 이곳으로 이사 와서 아무도 모를 거라고 했었다.

"표정 보니까 모르는 모양이네. 너도 알고는 있어야 할 텐데."

유해리는 목소리를 낮추더니 입술 사이로 바람 새는 소리를 내며 말했다.

"그거, 저주받은 꼬리거든. 진미아를 봐. 세상 제일 잘난 애처럼 나대더니 결국 어떻게 됐어? 병 걸려서 죽었잖아. 너도 그 꼬리 덕에 운 좋게 우리 학교에 들어왔지만 행운은 거기까지야. 앞으로는 불운만 이어질걸?"

'한 번도 내 것이라고 느낀 적이 없어. 불운을 가져오는 꼬리란 건 알아 둬야 할 거야'라던 진미아의 말이 유해리 목소리에 겹쳐 들렸다. 무례한 불청객이 내 기증자를 들먹이며 험담하는데도 아주 불쾌하지만은 않았다. 설탕이 잔뜩 든 음료수처럼 텁텁한 만족감이 몸속을 뻗어 나간다. 결국 진미아, 너도 모두에게 사랑받지는 못했구나.

"왜 하필이면 그런 걸 이식받았어? 나라면 그렇게 재수 없는 꼬리를 받느니 차라리 시네로 쥐 죽은 듯 살았을 거야."

삐 소리가 들리는가 싶더니 특별히 길고 유연한 꼬리가 유해리의 목을 휘감는다. 힘을 주지는 않고 살짝, 부드럽게, 손목을 둥글게 감는 인사처럼 다분히 사교적으로. 생전 처음 당하는 일인지 유해리는 눈을 부릅뜬 채 얼어붙었다. 나도 이런 표현법은 꼬리 적응 센터에서 배우지 않았다.

"무, 무슨 짓이야?"

"꼬리를 이식받은 지 얼마 안 돼서 서툴러. 종종 제멋대로 구는데 어쩌질 못하겠네."

"됐으니까 당장 치워!"

꼬리와 접촉해서 저주라도 옮겨 붙을까 무서운지, 한 박자 늦게 몸서리치며 소리를 지른다. 나도 꼬리를 풀려고 했지만 그게 잘 되지 않았다. 목을 휘감은 꼬리에 점점 더 힘이 들어간다.

"이, 이러면 내가 겁먹을 줄 알아? 없던 꼬리가 생겼다고 뭐 대단한 인간이라도 된 줄 아냐고! 한번 시녀는 영원한 시녀야. 주운 꼬리로 어디서 잘난 척이야? 그것도 저주받은 꼬리로!"

한번 시녀는 영원한 시녀라고?

왜 옆집 아줌마가 로벨리아 꽃밭을 절반만 없애고 나머지는 남겨 두었는지 알겠군.

나는 옆집 꽃밭을 낙엽 쓸듯 머릿속 구석으로 치웠다. 내 인생 첫 등교일의 기분을 망치고 싶지 않았다. 얘는 방 밖으로 내쫓으면 그만이다. 자비를 베풀어, 로벨리아 꽃잎 뿌리기는 생략해 주지.

풀려고 한 꼬리에 오히려 힘이 들어가더니 유해리의 목을 조르기 시작한다. 서툴고 어쩌고 변명할 여지 없이 확실하고 단호한 동작이었다. 유해리가 두 손으로 내 꼬리를 잡아 뜯고 두 발로는 바닥을 구르며 몸부림쳤다. 빨개졌다가 퍼렇게 질리는 얼굴을 보자, 이러다가 등교 첫날에 큰일 내겠다는 위기감이 들었지만 꼬리를 제어할 수가 없었다. 이제는 나도 유해리만큼이나 겁이 난다.

'고집 세고 제멋대로인 꼬리거든. 아주 힘이 세지. 난 통제하는 방법을 겨우 터득했지만, 넌 그렇게 안 될 거야.'

꼬리를 풀려고 애쓰다 보니 어느 지점에서인가, 팽팽한 밧줄이 단번에 끊어지듯 꼬리에서 힘이 빠졌다. 나는 그 반동에 뒷걸음질 치다가 자빠졌다. 바닥에 주저앉아 컥컥거리며 거친 숨을 내뱉던 유해리는 공포와 분노가 뒤섞인 눈으로 나를 노려보더니, 두 손을 뒤로 뻗어서 엉덩이로 바닥을 밀며 방에서 빠져나갔다.

나는 아무 데로도 도망칠 수 없었다. 힘겨운 노동이라도 한 듯 열을 뿜는 꼬리가 다리에 감겨들었다. 그 꼬리를 남의 것처럼 내려다보다가 거울을 본다.

예전의 나를 아주 닮은 내가, 차가운 유리 저편에 있었다.

인류학 수업과 룸메이트

제14학교 전통에 따라, 새 학기 첫 시간은 공통 필수 과목인 인류학 수업이었다. 인류학 선생님이 시청각실에 설치된 대형 에핑고에 수업 자료를 불러왔다. '무엇이 인간을 인간이게 하는가: 꼬리의 실질적 기능 퇴화에 숨은 역설적 의미'란 제목이 뜬다.

"꼬리는 척추동물에게 꼭 필요한 기관입니다. 자, 엄청난 속도로 달리면서도 자유자재로 방향을 전환하는 치타입니다. 어때요, 꼬리가 균형을 잡아 주죠? 거미원숭이는 나뭇가지를 움켜쥐는 꼬리가 손발 구실을 하는 셈이에요. 그런데 침팬지, 고릴라, 오랑우탄처럼 꼬리가 없는 영장류도 있습니다. 이들을 뭐라고 부를까요?"

선생님이 던진 질문에 나는 꼬리를 들었다. 수업에 적극적으로 참여하면 받는 가산점도 가산점이지만, 그보다는 수업 시간에 이렇게 당당히 꼬리를 들어 보고 싶었다. 나를 봐요, 어서 나를 지목해요!

"단새미, 대답해 볼까요?"

열 명도 넘는 학생이 꼬리를 들었는데, 선생님은 나를 콕 짚어 선택했다. 꼬리가 기분 좋은 듯 공중을 휘저었다. 아이들은 그 유려한 동작에서 눈을 떼지 못한다. 내가 시험에 나올 중요 문제라도 된다는 듯이.

"이인원이라고 부릅니다. 인간과 달라서 이질적이라는 의미입니다."

"정답이에요."

선생님이 에핑고에 내 점수를 입력했다. 가산점 2점. 깐깐해 보이는 인상과는 달리 후한 인심이다. 뭐, 점수를 잘 받아서 나쁠 것 없지.

"사실 이인원은 인간과 유전자를 95퍼센트 넘게 공유하기에 서로 비슷한 점도 많습니다. 하지만 인간에게 있는 꼬리가 이들에게는 없기 때문에, 그 점을 오히려 부각하려는 의도에서 이인원이라고 부릅니다. 이는 반대로 생각해 보자면 꼬리가 인간에게 매우 중요한 특질이라는 뜻도 됩니다. 꼬리 없는 이인원은 대략 3천만 년 전에 출현했다고 합니다. 인류의 진화 방향은 이들과는 달랐어요. 꼬리를 지켜 냈고, 직립 보행도 시작했죠. 이 사진을 보세요."

기다란 꼬리로 나뭇가지를 말아 쥐고 매달린 거미원숭이 사진이 다시 에핑고에 나왔다.

"우리 인간이 이렇게 할 수 있나요?"

"아뇨!"

학생들이 입을 모아 대답했다. 다음 사진은 꼬리를 바짝 세운 채 좁다란 담 위를 걸어가는 고양이다. 첫 수업의 긴장감을 녹일 만큼 귀엽다.

"인간 꼬리에는 균형을 잡는 기능도 없어요. 특별히 훈련받지 않는다면 이렇게 좁은 곳에서 걷다간 떨어지고 말 거예요. 고양이를 흉내 내서 꼬리를 세워 봤자 떨어지는 시간만 빨라질걸요?"

꼬리를 꼼지락대다가 담에서 떨어지는 자신들 모습을 상상했는지, 몇몇 애들이 킥킥거리고 웃었다. 선생님은 만족한 얼굴로 설명을 이어 갔다.

"이처럼 인간은 꼬리의 실질적 기능이 대부분 퇴화하는 방향으로 진화했습니다. 그런데도 꼬리는 왜 사라지지 않고 우리 몸에 남아 있을까요? 그것은 여러분이 훌륭한 학자가 되어 밝혀낼 수수께끼겠지만 한 가지 분명한 점은, 실질적 기능이 사라진 만큼 상징적 의미는 더더욱 선명해졌다는 사실입니다. 꼬리는 섬세한 예술 작품과도 같아요. 아름다운 노래와 그림, 감동적인 문학 작품을 떠올려 보세요. 영혼을 맑게 씻어 주고 드높이 끌어올려 주지요. 정화와 고양 효과입니다. 꼬리도 마찬가지예요. 우리의 인간다움과 고결함을 드러내 주는 상징과도 같습니다. 여러분이 질문에 꼬리를 들고 대답할 때, 다른 사람의 팔과 손을 꼬리로 부드럽게 휘감을 때, '나는 지적으로 단련되고 정서적으로도 풍요로운 존재야. 이 사회의 훌륭한 구성원이지' 하고 선언하는 셈이에요."

"그럼 꼬리 없는 사람은요? 사람이 아닌 건가요? 이 사회의 구성원도 아니고요?"

누군가 따져 묻는 말에 아이들이 웅성거렸다. 조용하던 교실을 들쑤신 주인공은, 창가에 앉은 여자애였다. 동글동글한 얼굴에 날카로운 질문.

"석류, 그게 무슨 뜻이죠?"

선생님이 팔짱을 끼고 물었다. 깔끔하게 차려입고 잘 손질된 꼬리를 상대의 팔에 휘감고 있는 두 남녀 사진이 에펑고에 나타난다.

"꼬리가 인간을 인간이게 한다면, 꼬리 없는 사람은 사람이 아닌 건가 해서요. 꼬리 없이 태어나는 시네 카우다 증후군도 있고, 사고나 병으로 꼬리를 잃는 사람들도 있잖아요?"

시네 카우다 증후군, 이 교실에서 듣게 되리라고는 예상치 못한 말. 그 듣기 싫은 말이 머리 위에서부터 시멘트처럼 쏟아져 내려와 온몸을 굳혔다. 나는 후우, 받은 숨을 조그맣게 내쉬며 경직을 풀었다. 곁눈질로 살펴보니, 석류라는 애의 꼬리는 평범하고 건강해 보였다. 제14학교에서 꼬리 이식 수술을 받은 재학생은 나 하나뿐이라고 들었다.

"물론 어떤 모습과 특징을 보이든 인간은 모두 존엄하고 평등합니다. 따로 언급할 필요도 없이 당연한 얘기죠. 선생님은 꼬리와 인간성의 연관 관계에 관한 일반적 인식을 설명했을 뿐이지, 개인적 의견을 밝힌 것이 아니에요. 오랜 시간 학자들이 연구했고 대중도 사회적 합의를 거쳐 다다른 지점이란 뜻입니다. 석류, 답이 됐나요?"

석류는 아무 말도 하지 않았다. 선생님이 대답을 재촉해도 고집스레 다문 입을 열지 않았다. 당신의 일반론에 침묵으로 항의한다는 식이었다. 선생님이 에핑고 화면에서 석류를 선택하더니 벌점 3점을 입력했다. 가산점뿐만 아니라 벌점 인심까지 후할 줄이야. 한 아이가 안타깝다는 듯 한숨을 내쉬었다. 나는 +2, 석류는 -3. 내가 5점 앞서간다. 다른 애들과는 2점 차이. 괜찮은 출발이다. 내 우월함이 증명되는 느낌, 나쁘지 않네. 생각보다 상쾌하군.

그날 이어진 다른 수업에서 가산점을 3점 더 확보하고 기숙사로 돌아가니, 오른쪽 침대에 누가 앉아 과자를 먹고 있었다. 이런! 인류학 수업의 반항아, 석류였다.

"안녕, 단새미. 내가 네 룸메이트야. 아마 이름은 알 거고."

석류가 오른쪽 집게손가락으로 투명한 안경을 치켜올리는 척하며 인류학 선생님을 흉내 냈다. 나는 그 사람 특유의 몸짓을 떠올리며 피식 웃었다. 오늘 확보한 가산점 덕분에 기분이 좋았다. 좀 더 정확히 말하자면, 가산점을 받을 기회를 남들보다 더 많이 차지했다는 점이 마음에 들었다. 내가 꼬리를 들 때마다 제14학교 애들은 그 기세에 움츠러들었고, 눈치를 살피다가 꼬리를 슬쩍 내리기도 했다. 여러 명이 꼬리를 들면 선생님들은 높은 확률로 내 꼬리를 가리켰다. 그리고 멋진 꼬리에 걸맞은 훌륭한 대답이라면서 가산점을 줬다. 내가 이렇게 좋은 학교에서 꽤 괜찮은 학생으로 인정받는 것, 그게 엄마 아빠가 바라던 바 아닌가? 우리가 너 하나 보고 얼마나 희생했는지 아니, 빚은 또 얼마나 많이 졌는데, 하는 희생담에 내 나름대로 보내는 답장인 셈이다.

"'류'라고 이름만 부르면 좀 간지러우니까 석류라고 불러 주면 고맙겠어. 이거 맛있는데, 먹어 볼래?"

석류가 과자 봉지를 내밀었다. 예의상 한 개 집어서 맛보니 짭짤하면서도 달콤했다. 석류 책상은 안 그래도 복잡한데 과자와 젤리, 초콜릿 등등 군것질거리까지 등장해 북새통이었다. 얼마 전 출시된 신형 에핑고가 쿠키 상자에 밀려 책상에서 떨어질락 말락 했다.

"맛있지? 매점 구석에서 발견했어. 더 먹을래?"

석류가 새 봉지를 뜯으며 권했다. 나는 고개를 젓고는 트렁크를 열어서 짐을 정리했다. 짐이라고 해 봤자 여벌 교복과 세면도구, 속옷, 잠옷, 간단한 화장품에 교과서와 참고서가 전부였다. 석류 쪽에는 풀지 않은 가방이 여러 개였다. 여기저기 널리고 쌓인 물건에 와작와작 과자를 씹어 먹는 소리까지, 정신이 없었다. 뭐, 무슨 상관이겠는가. 방 하나가 우주의 전부이던 때는 지나갔다. 더는 방에 집착할 필요 없이 가고 싶은 데는 어디든 가도 괜찮았다. 예전에는 사람들 눈초리를 신경 쓰느라 숨어 지냈지만, 이제는 부러움과 관심의 시선만 감당하면 된다. 꼬리가 있어 번거롭다던 진미아처럼 적당히 권태롭게, 무심을 가장한 잘난 척도 연습해 가면서.

"어쩐지 너랑은 1년 동안 잘 지낼 수 있을 거 같아. 미아랑은 같은 방을 몇 주밖에 못 썼거든. 내가 입방정을 떠는 바람에 미아가 방을 바꾼 거 있지."

"진미아랑도 룸메이트였어?"

"응. 미아 만나 봤지?"

석류의 질문에, 나는 흐트러진 옷을 개면서 고개를 끄덕였다.

"미아 말이야, 좀 슬퍼 보이지 않았어? 내 눈엔 그래 보였거든. 어쩐지 넌 무슨 말인지 알 거 같아서……."

물론 무슨 뜻인지 안다. 가장 뜨거운 온도를 향해 타오르던 눈, 못된 말을 뱉을 때도 슬퍼 보이던. 죽음을 앞둔 사람이라 그렇겠지, 생각하고는 읽기 어려운 책처럼 내 마음속에서 덮어 버린 진미아.

"미아 꼬리를 이식받았으니 너한테는 미아가 남이 아니잖아. 근데 나 지금도 입방정 떨고 있는 걸까? 기분 나쁘면 나쁘다고 말해 줘. 엄마가 그러는데 내가 계속 주제넘은 말을 하고 다니면 나중에 내 장례식에 아무도 안 올 거래. 관에서 벌떡 일어나서 이건 이렇고 저건 저렇고 꼬치꼬치 참견할 텐데 누가 그 꼴을 보러 오겠냐는 거지. 아주 틀린 얘기는 아닌 거 같지만 어쩌겠어, 하고 싶은 말은 해야 직성이 풀리는걸."

"아니 뭐, 괜찮아."

성공적인 하루여서 그런지, 룸메이트의 수다 정도로 기분이 상하지는 않았다. 어차피 내가 진미아 꼬리의 이식자라는 사실은 전교생이 다 알았다. 꼬리를 숨기고 다닐 것도 아니고, 진미아는 내가 견뎌야 하는 그림자였다. 문득 내 이름을 '단새미의 꼬리'쯤으로 바꾸어야 하는 게 아닌가 싶었다. 아니, '진미아의 꼬리'라고 해야 하나? 어쨌거나 진미아와 내가 남이 아니라는 말도 틀리지는 않았다. 우리는 신체적으로 겹치는 부분이 있으니까. '우리'에는 나와 진미아뿐만 아니라, 진미아에게 꼬리를 준 첫 번째 기증자도 포함된다. 우리 셋은 시간차를 두고 같은 꼬리를 공유한 사이였다.

"미아 말이야, 가끔 밤에 이불 뒤집어쓰고서 울고 그랬어. 어디 아픈가 걱정돼서 괜찮냐고 물어봤는데, 그게 불편했는지 방을 바꾸더라. 누구나 울고 싶을 때가 있는 건데 눈치 없이 굴지 말고 가만있을걸, 후회했을 땐 이미 늦었지 뭐. 새미야, 넌 울고 싶을 때 울어도 돼. 들어도 모르는 척할게."

"무슨 그런 얘기를 해? 내가 울 일이 뭐가 있다고."

나는 이제 시네가 아니거든. 더는 울 필요가 없어.

"그래도 가끔은 울고 싶을 때가 있잖아. 난 동생이 꼬리 절제 수술을 받았을 때 며칠 내내 울어서 목이 다 쉬었어. 너무 아파 보였거든."

"꼬리 절제 수술……이라고?"

깜짝 놀라 묻고 말았다. 익숙한 반응인지 석류는 설명을 덧붙였다.

"어릴 때 꼬리에 궤양이 생겼는데 낫질 않고 심해지기만 해서, 달리 방법이 없었어. 정확한 원인은 모르고 일종의 자가 면역 질환이래. 면역력이 너무 강해서 자기 몸을 공격하는 거지. 이식 수술도 어렵대. 대기자 명단에 이름을 올려놨지만 기대는 안 해."

그제야 인류학 시간에 석류가 보인 반응이 이해됐다. 나는 몸을 돌려 창가로 다가갔다. 석류와 동생에게 본능적으로 공감하는 나 자신이 짜증스러웠다. 쟤 동생은 몇 년이라도 자기 꼬리를 지니고 살았잖아. 이제 나는 꼬리가 있고, 걔는 없지. 걔랑 나는 서로 다른 존재니까 감정 이입하지 말자, 단새미. 남에게 공감해 봤자 쓸모도 없고 이득도 없다. 쟤 동생은 소설이나 드라마 같은 이야기 속 등장인물이 아니라 실존 인물이라고.

"인류학 선생님이 한 말, 넌 어떻게 생각해? 꼬리가 인간성의 상징이라는 말."

"글쎄, 선생님 말대로 단순한 일반론 아닐까?"

나는 짧게 대답했다. 인류학 수업에서 나는 가산점을, 석류는 벌점을 받았다는 사실이 더는 뿌듯하지 않았다.

"정말 미아 말대로 어딘가 꼬리 없는 마을이 있으면 찾아가 볼 텐데."

"꼬리 없는 마을? 너도 그 얘기 들었어?"

나의 경우는 마을이 아니라 우주였지만. 하기는, 꼬리 없는 우주에서는 어떤 마을이든 꼬리가 없겠지.

"아, 미아가 너한테도 얘기했구나? 꼬리 없는 마을이 있으면 가 보겠냐고 해서, 난 그런다고 했어. 갔다 와 보고 괜찮으면 동생도 데려가야지."

그러더니 석류가 내 표정을 살피면서 물었다.

"뭐 하나 물어봐도 돼?"

예상 질문: 넌 태어날 때부터 꼬리가 없었니?

화내거나 무시하지 말고 담담하게 대답해 주자. 1년 동안 한방을 쓸 룸메이트와 웬만하면 잘 지내고 싶었다. 기숙사 생활에 문제가 생기면 귀찮아진다. 난 이 학교에서 무탈하게 지내기를 원한다. 이제는 평범하고 편안한 인생을 좀 즐길 때도 되지 않았나?

"너 혹시, 유해리 목 졸랐어?"

짐작도 못 한 질문에 나는 안 봐도 멍청해 보일 것이 뻔한 표정을 짓고 말았다. 아, 유해리. 그런 애가 있었지. 오늘 아침 일이 몇 세기 전처럼 멀게만 느껴졌다.

"유해리가 여기저기 떠들고 다녀. 특별 장학생이 꼬리로 자기 목을 졸랐다고, 저주받은 꼬리를 달고 나타난 미친 애라고."

나는 말도 안 되는 소리라 어이가 없다는 듯 웃음을 터뜨렸다. 나 스스로 소름이 돋도록 자연스러운 연기였다. 드라마와 영화로 세상을 공부한 보람이 있달까. 내심 의심했었는지 석류 얼굴에 안도감이 스치고 지나갔다. 나는 한참 웃은 다음에 집게손가락으로 눈물까지 닦아 냈다. 꼬리가 의심받아 억울하다는 모양새로 다리에 감겨든다.

"안 그래도 오늘 아침에 이상한 소리를 하던걸? 저주받은 꼬리라 앞으로 불운이 따를 거라나 뭐라나. 걔 나한테 왜 그러는 거야?"

"유해리 걔, 미아를 질투해서 그래. 미아한테 밀려서 뭐든 2등이었거든."

"죽은 애를 질투한다고?"

"꼬리는 돌아왔으니까……."

석류는 내 꼬리를 보며 '돌아왔다'라고 했다. 유해리는 진미아가 병에 걸려 학교를 그만뒀을 때 경쟁자가 없어져서 기뻐했을 것이다. 그런데 경쟁자의 꼬리가 반년 만에 돌아왔다. 나는 진미아처럼 모든 분야에서 뛰어나지는 않지만, 학업 성적에서라면 누구하고든 경쟁해 볼 만하다. 편입 시험에서 역대 최고 득점이었고, 거기에는 소문과 달리 시네 카우다 증후군이라는 가산점은 0.1점도 붙지 않았다. 내가 혜택을 본 부분은 장학금이지 점수가 아니었다.

"승부욕이 강하고 어디서든 주목받고 싶어 하는 성격이니까 미아가 미웠을 수도 있지. 그렇지만 너한테 그러는 건 말이 안 돼. 저주니 뭐니 하는 말 신경 쓰지 마. 그런 게 어디 있겠어."

"그래, 고마워."

예의상 대답하면서도 머릿속으로는 저주라는 말이 남긴 불쾌한 뒷맛을 곱씹었다. 저주, 저주라. 꼬리 없는 삶보다 더한 저주가 있었던가?

6시가 되자 저녁 식사 시간을 알리는 벨이 울렸고, 우리는 자연스레 식당으로 출발했다. 복도를 걸을 때 보니, 석류 꼬리에는 교표가 없었다. 형편이 아니라 취향 문제인 듯했다.

"저기 금귤나무 보이지? 내 동생 이름이 금귤이야. 난 귤이라고 불러."

석류가 복도 창밖으로 보이는 나무를 향해 턱짓하며 말했다. 보통은 꼬리로 가리킬 텐데, 꼬리 없는 동생을 배려하느라 생긴 버릇인가 보다.

"석류에 금귤이라니, 부모님이 나무를 좋아하시나 보네."

"엄마가 식물학자야. 그런데 아빠는 또 수의사여서, 나랑 동생 이름 갖고 두 분이 치열하게 경쟁했대. 결국 엄마가 이겨서 석류, 금귤로 결정된 거지. 아빠가 이겼으면 나는 마멋, 동생은 토끼가 됐을지도 몰라."

두 손으로 과자를 쥐고 먹는 통통한 마멋이 떠올랐다. 어쩌면 그쪽이 더 어울리는 이름이었겠는걸.

"귤이도 이 학교에 들어오고 싶어 해. 걔가 컬링을 엄청 좋아하는데 제14학교 컬링팀이 유명하잖아. 그런데 면접에서 두 번이나 떨어졌어. 성적이 좋으면 뭐 해, 면접에서 막히는걸. 학교에서는 절대 인정 안 하지만 교칙 5조 7항 때문일 거야."

교칙 5조 7항, 용모나 품행에서 타인에게 불쾌감이나 위화감을 주는 사람은 이 학교에서 공부할 수 없다는 내용이었다.

"난 그 교칙을 없애고 싶어. 꼬리가 없다는 이유로 귤이가 원하는 걸 이루지 못한다면, 그건 귤이 잘못이 아니야. 세상이 잘못된 거지."

나는 5조 7항을 무사히 통과하여 제14학교에 들어왔다. 교칙은 그대로였고, 내가 바뀌었다. 세상을 바꿀 수 없다면 내가 바뀔 것, 내 방에 나 홀로 세웠던 학교의 교칙이었다.

4부

제멋대로 꼬리

서명지 사건

옆집 뜰에 백합꽃이 피어날 무렵, 내 가산점은 36점에 도달했다. 유령 상태로 들어가는 채팅방의 비공식 집계에 따르면 전교 최고점이었다. 내가 교정이나 복도를 지나가거나 식당에 들어서면 전교생이 나를, 솔직하고 정확하게 말하자면 내 꼬리를 주목했다.

내가 학교에서 자리를 잡아 가면 갈수록 유해리는 적개심을 드러냈다. 멀리서 나를 보기만 해도 눈초리가 샐쭉해지면서 옆 사람 귀에 대고 뭐라고 속살거렸다. 나를 두고 뒤에서 얘기하는 애가 유해리 한 명은 아니었다. 주목받는다고 해서 꼭 좋은 의미만은 아니니까. 식당에서는 바람을 타고 날아왔는지 "쟤야? 미아 꼬리가 아깝네"라는 말이 들려오기도 했다. 나는 포크로 파스타 면을 돌돌 말다 말고, 면 대신 그 말을 곱씹었다. 나를 지목해서 질문하고는 흠 없이 표준적인 대답에도 눈썹을 치켜올리던 문학 선생님이 떠올랐다. 단새미, 그 꼬리로 그 정도 대답밖에 못 하겠어요? 좀 더 창의적인 의견을 기대했는데 말이죠, 하던. 질책인지 독려인지 모를 말에 나는 며칠 동안 잠을 줄여 가며 이불 속에서 에핑고로 참고 도서를 독

파했다. 꼬리와 창의성이 대체 무슨 상관이 있다고, 생각하면서도 말이다. 수업 때마다 전투적으로 토론에 참여했지만 문학 선생님은 가산점을 주지 않았다. 그 사람이 내 책상 옆을 지나갈 때, 꼬리를 뻗어 발이라도 걸고 싶은 충동이 일었다.

"있잖아, 단새미. 너 정말 유해리한테 그랬어?"

금요일 점심시간, 옆자리에 한 아이가 와서 앉더니 목이 졸려 괴로워하는 시늉을 하며 물었다. 나는 무슨 말인지 전혀 모르겠다는 표정으로 딸기 주스를 홀짝였다.

"걔 언제 한번 당할 줄 알았어. 미아한테도 걸핏하면 시비였는데 미아는 항상 무시했거든. 누가 봐도 미아가 상대해 줄 만한 애가 아니었으니까. 급이 안 맞잖아."

그러더니 말 안 해도 다 안다는 표정으로 싱긋 웃어 보이고는 식판을 들고 일어나 제 친구에게 갔다. 급이 맞지 않아서 상대해 줄 만한 애가 아니라고? 나는 창문으로 비쳐 드는 햇살을 받아 유난히 반짝거리는 꼬리를 내려다봤다. 그래, 누가 이 멋진 꼬리에 대적하겠어? 까다로운 문학 선생님도 결국 나에게 가산점을 주게 될 것이다. 컵을 기울여 주스를 마지막 한 방울까지 입에 털어 넣는다. 딸기 주스는 병실에서 테오가 주던 딸기 젤리와 비슷한 맛인데도 뒷맛이 훨씬 상쾌했다.

밥을 다 먹고 식당을 나서는데, 유해리가 반대편에서 걸어왔다. 우리는 복도에서 몇 미터쯤 거리를 두고 마주 섰다. 묘한 분위기를 감지한 아이들이 우리를 힐끔거렸다. 나는 꼬리를 나른하게 휘저으며 유해리에게 다가

갔다. 턱을 내밀고 팔짱을 낀 자세로 서 있던 유해리가 불안한 듯 자세를 고쳤다. 내가 보폭을 넓혀서 성큼, 코앞까지 다가서자 주춤거리며 뒷걸음 친다. 긴장한 구경꾼들이 침 삼키는 소리가 복도에 울리는 듯했다. 내 꼬리가 공중으로 튀어 오르더니 유해리에게 곧장 떨어져 내린다. 유해리는 두 손을 앞으로 뻗으며 머리를 수그렸다.

그러자 내 꼬리가, 유해리의 교복 재킷에 나긋하게 내려앉더니 실오라기를 털어 낸다.

"이거 떼 주려고. 이제 깔끔해졌네."

나를 죽일 듯 노려보는 유해리에게 조금 전 배운 대로 싱긋 웃어 보인다. 유해리는 분한 나머지 커다란 눈에 눈물까지 고였다. 뭐, 한번 시녀는 영원한 시녀라고? 나는 고개를 돌려 복도 여기저기에 멈춰 선 구경꾼들을 둘러봤다. 도서관 서가에서 손가락 끝으로 책등을 훑으면서 책을 고르듯, 꼬리를 들어 허공을 훑는다. 단숨에 매료되는 눈빛들. 내 꼬리에 한없이 집중하면서도 제 마음속으로 파고들어 자기가 원하는 비밀스러운 것들을 훔쳐보는 시선.

나는 뒤돌아 교실로 향했다. 꼬리가 왕족의 망토 자락처럼 펄럭이며 복도에 고인 팽팽하고도 끈끈한 공기를 뒤덮는다. 봤지, 난 절대 시녀가 아니야. 누군가는 울먹거리는 유해리를 두고 쌤통이라며 키득거리고, 누군가는 나에게 차가운 시선을 던졌다.

파스타를 먹다가 잘못 씹은 볼 안쪽에 여린 살이 일어나 있었다. 헤집어진 상처에 이빨이 돋아나는 상상을 해 본다. 입속이 상어처럼 날카로운 이빨로 가득 차고, 여린 살이 다시 그 이빨에 뜯기는 모습을 말이다. 나는 아무도 몰래 살짝 몸서리를 쳤다.

그날 저녁, 버스를 타고 집으로 가다가 정신을 차리니, 나도 모르는 사이 엉뚱한 곳에 하차한 다음이었다. 자꾸만 잘못 내리는 그 주택가였다. 벌써 몇 번째인지. 원치 않는 장소에 가서 두리번거리게 될 거라던 진미아 말이 떠올랐다. 그건 비유가 아니라 경고였을지도 모르겠다.

의도치 않은 하차가 계속되자 낯선 느낌이 사라지고, 오래전에 와 본 곳이라는 착각마저 들었다. 나는 꼬리 이식 수술의 부작용 목록에서 '방향 감각 상실'이란 항목을 찾아냈다. 이런 것도 방향 감각 상실에 해당한다고 애써 생각하면서.

어느 날, 기숙사 방에서 공부하고 있을 때였다. 석류가 내 책상으로 오더니 종이를 끼운 클립보드를 내밀었다.

"서명 좀 해 줄 수 있어? 탄원서야."

탄원서? 나는 클립보드를 받아 들고는 종이에 인쇄된 내용을 읽었다.

제14학교에는 "용모나 품행에서 타인에게 불쾌감이나 위화감을 주는 사람은 이 학교에서 공부할 수 없다"라는 교칙(5조 7항)이 있습니다. 이는 외모로 학생을 판단하겠다는 공언이나 마찬가지입니다. 사실상 꼬리 없는 학생의 입학을 막으려는 차별적 조항이지요. 그 증거로, 어릴 때 병으로 꼬리 절제 수술을 받은 제 동생은 편입 시험

성적이 우수한데도 면접에서 최하점을 받는 바람에 계속 편입이 좌절되고 있습니다.

저는 제14학교에 교칙 5조 7항을 없애 달라고 여러 차례 건의했지만, 논의조차 거부당했습니다. 따라서 제14학교에 재학 중인 저 석류와 아래에 서명한 학생 일동은, 교육청에서 제14학교에 불합리하고 차별적인 교칙의 삭제를 지시해 줄 것을 건의합니다.

탄원서 뒷장부터는 서명지였다. 맨 윗줄에 자기 이름과 연락처를 적어놓은 석류는 그 뒤를 이어 서명할 사람으로 룸메이트이자 꼬리 이식자인 나, 단새미를 지목했다. 나는 책상에 클립보드를 내려놓았다. 생각할 시간을 벌어야 했다.

이 탄원서에 서명하지 않는다면 석류와 사이가 멀어질 테고, 한방에서 지내기도 불편해질 것이다. 석류가 이런 일로 앙심을 품을 애는 아니지만 사람 마음이 그렇지 않나? 거절당하면 껄끄러워지게 마련이지. 그런데 여기에 이름을 적었다가 탄원서가 정말 교육청에 넘어가서 문제가 된다면? 선생님들 눈 밖에 나서 피해를 보게 될 것 같았다.

석류가 바라는 대로 교육청에서 제14학교에 해당 교칙의 삭제를 지시할까? 그럴 리가. 불합리한 교칙이 있는 학교는 제14학교 말고도 많았다. 교육청이 옳지 않다고 판단했다면 이제껏 그냥 놔두지는 않았을 것이다. 침묵은 묵인이고 동조였다. 탄원서를 내 봤자 현실은 변하지 않으리라 본다. 만에 하나, 석류가 문제 삼는 교칙이 없어진다 해도 동생 귤이가 무사히 편입하리라는 보장은 없었다. 얼마든지 다른 핑계를 대서 불합격 처리하면 그만이다. 학생 선발은 학교 자율이니 교육청도 어지간해서는 간섭하지 못한다. 이 서명을 제출한다 해도 교육청은 무시할 확률이 높다. 그러면 학교에서 설사 알게 된다 해도 일을 크게 만들지 않고 조용히 넘어가려 할 테니, 차라리 서명해 주고 석류와 잘 지내는 편이 학교생활에 유리하지 않을까. 귀찮아지는 일은 딱 질색인데 벌써부터 귀찮군.

계산을 마쳤으면서도 잠시 망설이는 사이, 꼬리가 요동치며 펜을 바닥에 떨어뜨렸다. 책상 밑으로 몸을 굽히자, 꼬리에 맞은 펜이 저 멀리 굴러간다. 나는 다른 펜으로 서명한 다음 클립보드를 석류에게 건넸다.

"고마워, 새미야. 네 이름이 애들한테 선한 영향력을 미칠 거야."

글쎄, 정말 그럴까? 애들이 내 이름을 보고 시녜 주제에, 하고 비웃지나 않으면 다행이지.

"도움이 되면 좋겠다. 오늘부터 서명받으러 다닐 거야?"

"그러려고. 이제 누구한테 가면 좋을까?"

"글쎄…… 한나?"

나는 교과서로 관심을 돌리며 무심하게 말했다. 한나가 어떻게 반응할지 궁금했다. 제14학교가 꼬리 없는 아이를 차별하지 않는 정의로운 곳이 되면 그 애도 연장꼬리를 떼 버리려나.

다음 날 얘기를 들어 보니, 한나는 이런저런 핑계를 대며 서명하지 않았다고 했다. 그렇지만 석류는 무슨 방법을 썼는지 다섯 명한테서 서명을 받아 왔고, 하루하루 지나면서 서명은 더 늘어났다. 우리 학교 애들이 보기보다 착하다니까, 하면서 석류는 감격스러워했다. 나는 반가워하는 척하면서도 떨떠름했고, 떨떠름한 한편으로는 내심 반갑기도 했다. 제14학교에 석류 같은 애들이 또 있다니 제법이었다.

"유해리, 지금 뭐 하는 거죠?"

인류학 선생님이 에핑고 화면을 넘기다 말고 물었다.

아이들 시선이 유해리에게 쏠렸다. 석류 쪽에서 짧고 급하게 숨을 내쉬는 소리가 들려왔다. 나는 반대로 숨을 들이마셨다. 서명지가 유해리 손에 있었다. 수업 시간에, 그것도 인간의 꼬리를 유난히 아끼고 사랑하는 인류학 선생님의 수업 시간에 서명지를 돌리다니! 하지만 어리석기로는 나도 만만치 않았다. 저 서명지에는 내 이름도 있다. 그것도 첫 페이지 두 번째 줄에.

"전 아무것도 안 했어요. 뒤에서 주니까 그냥 받은 거예요. 여기 단새미 이름이 적혀 있는데요?"

유해리가 손가락으로 내 이름을 짚으면서 고자질했다. 나는 날뛰려는 꼬리를 엉덩이 밑에 깔고 앉아 안간힘을 다해 억눌렀다. 지금 여기에서 통제력을 잃었다가는 끝장이다.

선생님이 유해리 자리로 가더니 서명지를 가져갔다. 첫 장 탄원서 부분부터 읽기 시작해서 한두 장 넘기며 살피고는 석류를 바라본다.

"'저 석류와 아래에 서명한 학생 일동은'이라고 되어 있군요. 석류, 어떻게 된 일인지 설명해 보겠어요?"

"제가 작성한 탄원서인데, 전교생 대상으로 서명을 받고 있어요. 교육청에 제출할 생각입니다."

낭패라는 표정을 감추지 못하면서도 석류가 또렷한 목소리로 대답했다.

"수업 시간에 개인적 행동을 했다는 얘기인가요?"

"그런 게 아니라요, 차별받는 학생을 위해 행동하고 싶었습니다."

"그런 알량한 정의감으로 몇 분째 수업을 지연시키고 있는 거죠? 다른 사람을 돕는다면서 오히려 반 친구들을 방해하고 있군요. 수업 시간에 교과 내용과 관련 없는 행동을 했으니 명백히 교칙 위반입니다."

선생님은 대형 에핑고에 석류의 학교생활 기록부를 띄우더니, 벌점을 입력했다. 10점. 내 가슴이 다 철렁할 만큼 센 벌점이다. 평소 점수에 집착하지 않던 석류조차도 놀란 눈치였다. 에핑고에 손가락을 얹은 선생님이 내 쪽으로 고개를 돌렸다. 두 번째로 서명한 나도 벌점 10점을 받는다면……하아, 저 깊은 곳에서 이상 기류처럼 발생한 한숨이 목구멍으로 솟구쳤다. 가산점은 몰라도 벌점은 곧바로 학부모에게 통지되는데, 엄마와 아빠가 이 무슨 일이냐며 채근할 일을 떠올리니 상상만으로도 피곤해졌다.

"단새미, 스스로 서명한 것 맞나요? 강요 없는 자의였어요?"

선생님이 빠져나갈 구멍을 가리켜 보였다. 내가 거짓말해도 기꺼이 믿어 주겠다는 표정으로. 교실에서 깜빡이는 눈동자마다 나를 향했고, 그중에는 석류도 있었다. 이런 관심은 반갑지 않은걸.

"네……."

나는 갈라지는 목소리로 대답했다. 자의였지만 호의는 아니었으면서도, 왜 탈출구를 못 본 척했는지 모르겠다. 입안 어디에선가 석류가 준 과자 맛이 나는 듯했다. 석류는 내 룸메이트였고, 이 학교에서 내가 친구 비슷한 존재라고 느끼는 유일한 사람이었다.

"성실하고 진취적인 학생으로 알았는데 실망이군요. 꼬리에 부끄럽지 않은 사람이 되겠다던 말을 믿었는데 말이지요. 모범적인 학교생활이란 사소한 교칙을 잘 지키는 일에서부터 시작하는 법 아니던가요? 사적 감정 때문에 교칙을 문제 삼는 탄원서에 이름을 올리다니, 선생님은 이해가 가질 않아요."

석류가 없애고 싶어 하는 교칙은 사소하지 않았다. 석류 동생처럼 꼬리 없는 아이에게는 이 학교 문턱을 넘지 못하게 막는 장벽이었다. 선생님은 학교생활 기록부를 닫았다. 하긴 내가 수업 시간에 서명한 것도 아닌데 벌점을 매길 명분은 없지, 하고 안심하려는 찰나였다.

"석류, 교육청에 제출한다고 했던가요? 그렇게는 안 되겠어요. 이 서류는 내가 갖고 가죠. 교장 선생님께 보고하겠습니다."

뇌가 돌덩이처럼 굳고 핏줄은 돌가루가 끼어 막히는 기분이었다. 차라리 벌점 10점을 달라고 소리치고 싶었다. 교장 선생님이 서명지에서 내 이름을 보면 무슨 일이 생기겠는가? 엄마와 아빠가 이 사건을 알게 되는 건 둘째 치고, 학교장 추천서를 못 받게 될지도 몰랐다. 엄마와 아빠는 내가 장학금을 받아 좋은 대학에 가기를 바라는데, 그 꿈이 조각나 버리면 말 못 하게 성가신 일이 벌어질 것이다.

유해리가 고소하다는 표정으로 나를 보며 웃었다. 메롱, 하고 혀를 날

름거리듯이 꼬리를 까딱거리면서. 나는 나 자신을 탓하느라 바빠서 유해리는 신경 쓸 겨를이 없었다. 멍청하게, 이름은 괜히 적어 가지고.

종이 울리고 수업이 끝났다. 인류학 선생님은 서명지를 챙겨 들고 교실을 나갔다. 나는 무작정 선생님을 따라나섰다. 선생님은 개인 에핑고를 보면서 걷느라, 뒤따르는 나를 눈치채지 못했다. 두 층 내려가더니 모퉁이를 꺾는다. 물품 창고와 과학실만 있어서 한적한 곳이었다. 선생님은 그중에서도 구석진 화장실로 들어갔다. 나는 복도 중간에 멈춰 서서 귀를 기울였다. 소지품을 세면대에 내려놓는 소리, 개인 칸의 문을 여닫는 소리.

화장실로 다가가서 안을 살펴보니, 개인 칸에 들어간 선생님 말고는 아무도 없었다. 세면대 위에 놓인 서명지가 보였다. 망설이거나 전략을 짤 새도 없이 꼬리가 튀어 나가 서명지를 건드렸다. 클립보드가 떨어지려 한다. 나는 재빨리 움직여 두 손으로 클립보드를 받았다. 타일 바닥에 플라스틱 떨어지는 소리가 울려 퍼지는 위기를 모면했다.

내 손에 들린 서명지를 보자 굳은 뇌에 혈류가 돌았다. 개인 칸 안에서 물 내리는 소리가 들려온다. 시간이 없다. 둘 중 하나를 택해야 한다. 이걸 갖고 가거나, 놔두고 가거나. 서명지가 없어지면 인류학 선생님은 그 사실까지 교장 선생님에게 보고하겠지만, 최소한 교장이 두 눈으로 내 이름을 보는 일은 막을 수 있다. 증거물이 있고 없고는 다르다.

나는 서명지가 고정된 클립보드를 교복 재킷 안에 감추고 돌아섰다.

"뭘 슬쩍하고 그러는 걸 좋아하나 봐, 시네?"

복도에 서서 나를 지켜보고 있던 유해리가 말했다. 그러더니 입을 커다랗게 벌려 소리치려 한다.

"선……!"

인류학 선생님이 화장실을 나왔을 때, 내 꼬리는 유해리 얼굴을 휘감은 채였다. 재킷에서 떨어진 클립보드가 바닥에 부딪히며 요란한 소리를 냈다.

검은 백합

교장은 진미아의 꼬리를 달고 그런 짓을 하다니 부끄럽지도 않으냐면서, 나에게 일주일 정학 처분을 내렸다. 제14학교를 빛낸 학생이 남긴 꼬리가 아니었다면 단번에 퇴학시켰을 것이라고, 다음번에 또 불미스러운 일이 생기면 선처는 없다고도 했다. 그러더니 엄마에게 영상 전화를 걸어 내 징계 사유를 알려 주었다. 엄마의 울음소리가 교장실에 퍼졌다. 인류학 선생님이 에핑고로 다가가 "어머님, 울지 말고 진정하세요. 무척 당황스러우시겠지만 저희도 실망이 큽니다"라고 말했다. 엄마는 한 번만 봐 달라는 둥, 원래 그런 애가 아니라는 둥 손톱도 안 들어가는 말을 늘어놓으며 중간중간 콧물을 들이켰다. 교장은 미간을 찌푸리더니 아무튼 단새미 학생을 귀가시키겠다며 전화를 끊었다. 인류학 선생님이 기회를 주었을 때, 강요에 따른 서명이었다고 대답하지 않은 일이 후회스러웠다. 퇴학과 엄마의 눈물 중 뭐가 더 끔찍한지 모르겠다.

교장실에서 곧장 교문 밖으로 쫓겨나서 집으로 돌아가자, 엄마는 달군 송곳처럼 신경이 날카로워져서는 찌를 곳만 찾아다녔다. 아빠는 이식 수술이 잘못돼서 애가 이상해진 게 틀림없다며 엄마 속을 긁었다. 나는 엄마의 잔소리와 안달을, 아빠의 한탄과 조바심을 침묵으로 방어했다.

깊은 밤, 집을 조용히 빠져나가 옆집 뜰로 향했다. 백합을 한 뿌리 뽑아서 축축한 흙바닥에 쭈그리고 앉아 비늘줄기를 뜯어 먹었다. 귀도 밝지, 부스럭거리는 소리를 듣고 나온 옆집 아줌마가 손전등으로 나를 비추어 보고는 비명을 내질렀다. 쩌렁거리는 소리에 이웃들이 불을 밝히고, 우리집에서도 엄마가 잠옷 바람으로 달려 나왔다. 엄마는 흙 범벅이 된 손으로 백합을 움켜쥔 채 입속에서 뭔가 우물거리는 나와 눈이 마주치자 비틀거리더니 주저앉았다.

"이 밤에 남의 집에서 무슨 짓이야? 너 정신 나갔니? 미쳤어?"

"대체 애 교육을 어떻게 시킨 거예요? 꼬리 생기고 좀 달라진 줄 알았더니 사람 참 안 변하지!"

엄마와 옆집 아줌마가 놀라서 새파래진 얼굴, 성나서 벌게진 얼굴로 소리를 질러 댔다. 혀로 앞니를 훑자, 잇새에 낀 비늘줄기에서 비릿하고 텁텁한 맛이 났다. 토할 것 같다는 눈빛으로 나를 보던 아줌마가 헛구역질을 했다. 그러거나 말거나, 백합의 양분을 다 흡수하기라도 한 듯 내 꼬리는 생기발랄했다.

"백합병에는 백합이 특효라고 그러셨잖아요?"

내가 말하자 아줌마는 기가 찬다는 듯 헛웃음을 지었다.

"그렇다고 옆집 백합을 뜯어 먹어? 넌 윤리의식이란 게 없니? 심보가 그 모양이니 정학을 당하지!"

정학당했다는 건 어떻게 알았을까. 정학 사유도 알았다면 몸을 좀 사렸을 텐데. 나한테 윤리의식이 없다니, 처음 듣는 말이다. 하기는, 인생 대부분을 방에서만 지낸 덕분에 남에게 잔소리를 들을 일이 매우 드물기는 했지.

바닥에서 일어나 잠옷 바지에 묻은 흙을 털어 내는 엄마 얼굴에 근심과 수치심이 어린다. 요즘 꼬리 미용실에 다니며 가꾼 꼬리가 시든 꽃대처럼 축 처져 있다. 우등생에서 문제아로 추락한 내가 집에서도 골칫거리가 된 모양이다. 자랑스러운 딸이라는 권좌에 얼마 머무르지도 못했는데 말이다. 아줌마는 정성 들여 가꾼 꽃밭을 헤집어 놨으니 보상하라며 성질을 냈고, 엄마는 분을 참으며 굽실거렸다. 엄마든 아줌마든, 참 볼품없고 보잘것없는 꼬리다. 백합처럼 공들여 가꿔 봤자 저 정도가 한계인, 초라하고 평범한 꼬리. 왜 이제까지 몰랐을까. 엄마라서? 이웃이라서? 부러움의 대상이었던 꼬리에 경멸이라는 분류 체계가 새로이 생겨난다. 나는 좋은 구경이라도 났는지 뜰 주변으로 몰려드는 이웃들을 둘러봤다. 내 것에 비하자면 하나같이 형편없는 꼬리들. 다들 저렇게 시시한 걸 꼬리랍시고 꽁무니에 달고 다니는 주제에, 나한테는 시네가 어쩌고저쩌고 수군거렸단 말이야?

나는 꼬리를 채찍처럼 휘둘러서 울타리의 로벨리아 꽃송이를 좌악, 흩뿌렸다. 불청객이 찾아오거나 불쾌한 일을 당했을 때 옆집 아줌마가 하던 대로. 꽃잎이 공중으로 흩어진다. 엄마와 아줌마의 머리 위로, 이웃들 어깨 위로 떨어져 내리는 푸른색 로벨리아 꽃잎. 꽃말이 악의와 불신이라고 했던가?

5202호 병실에서 진미아의 꼬리를 보았을 때, 내 안에 알뿌리 상태로 숨어 지내던 욕망을 깨달았다. 오늘 밤, 꼬리를 갖고 싶다는 열망만큼이나 강렬한 경멸과 멸시가 알뿌리에서 새싹으로 돋아나 줄기를 뻗어 올린다. 이미 손에 넣었는데도 시간을 더할수록 나는 더더욱 이 꼬리를 원하게 된다. 언젠가는 줄기에서 잎이 돋아나고 잎에서 꽃이 피어나겠지.

사람들은 번쩍이는 번개처럼 어둠 속을 휘젓는 내 꼬리를 보더니 어깨를 움츠리고는 집으로 돌아갔다.

"백합을 먹었다고요? 생으로요?"

의사가 에핑고로 사전 문진표를 확인하더니 물었다.

날이 밝자마자 엄마와 아빠가 나를 택시에 태워 병원으로 보냈다. 딸이 미친년 소리를 듣게 되었는데도 회사에는 출근해야 하는 모양이었다. 나는 팔짱을 끼고 의사를 바라보며, 백합을 구워 먹거나 쪄 먹으면 괜찮다는 걸까 생각했다.

"비늘줄기 부분을 몇 입 먹었어요. 백합병에 좋다고 해서요."

삐 하는 이명과 때때로 찾아오는 (아마도) 방향 감각 상실, 통제되지 않는 꼬리……. 이식 수술 부작용이든 백합병이든, 뭐라도 해야 했다. 안 그러면 앞으로 또 무슨 일이 벌어질지 몰랐다. 여기서 삐끗했다가는 학교장 추천서를 받기는커녕 퇴학당하고 말 것이다. 나는 평범하게 살고 싶다. 평범한 사람은 퇴학 같은 일을 좀처럼 당하지 않는다.

"그렇군요. 자꾸 이상한 소리가 들리고, 이상한 곳에 가 있고, 이상한 행동을 한다고 되어 있네요?"

"네. 꼬리가 말을 듣질 않아요."

"8개월 전에 꼬리 이식 수술을 받았군요. 방금 말한 증상 모두 이식 수술 부작용의 범주에 들어갑니다. 꼬리가 말을 듣지 않는다는 건 무슨 뜻이죠?"

"말 그대로예요. 꼬리가 제멋대로 굴어요. 윤리의식이 없는 것 같아요."

나는 옆집 아줌마가 한 말을 떠올리며 대답했다. 윤리의식이란 말에 의사가 처음으로 에펠고에서 고개를 돌려 나를 봤다. 흥미로워하는 눈빛이었다.

"예전하고 달라졌다는 느낌이 들 때가 많아요. 내가 나인 거 같지 않고, 그런 거요."

"예전과 달라졌다…… 이식 수술을 받으면 많이들 하는 말이지만 뜯어보면 그렇지도 않아요. 어떤 모습이든, 그게 바로 자기 자신입니다. 저 깊은 곳에 숨어 있던 본모습이 이식 수술을 계기로 드러나는 거죠. 꼬리 이식이 워낙 큰 수술이다 보니 심리적으로도 지대한 영향을 받게 되거든요. 아니면 스스로 변화하기로 결심했을 수도 있죠. 그 결심을 자각하지 못할 뿐."

저 깊은 곳에 숨어 있던 본모습? 나는 엄마와 아빠만큼이나 피곤한 얼굴을 한 의사를 바라보았다. 이 사람 안에서는 어떤 알뿌리가 속을 채워가고 있을까. 아니면 벌써 이빨처럼 뾰족한 꽃잎이 돋아났으려나?

"처음부터 자기 꼬리에 만족하는 경우는 드물어요. 간절히 원하던 꼬리라 해도 막상 이식받으면 이물질처럼 거북하죠."

다른 사람들 꼬리도 물건을 훔치려 하고, 아무것이나 후려치고, 사람

목을 조를까? 나는 꼬리에 힘을 주어 책상 위로 올렸다. 내 꼬리가 어떤 녀석인지 보여 드리죠. 그런데 유해리에게는 그렇게 사납게 굴던 꼬리가 제자리에서 꼼짝도 하지 않고 시치미를 뗐다. 역시 내 마음대로 안 된다.

"근래 평소와는 다른 일이 있었나요? 정신적으로 충격을 받았다든지, 몸이 아팠다든지."

"학교에서 정학을 당했어요. 벌점 30점에 그동안 쌓은 가산점도 모조리 취소됐고요."

이로써 나는 두 기록을 갱신했다. 편입 시험 최고점, 재학생과 졸업생을 통틀어 벌점 최고점. 벌점 30점에 가산점 36점 취소니까 66점짜리 벌점인 셈이었다. 어디든 올라가는 일은 어려운데 추락은 한순간이다.

"충격이 크겠네요. 그 나이 때엔 학업 성적이 제일 중요하게 느껴지죠. 다니는 학교가……?"

"제14학교예요."

"이런, 나도 그 학교를 나왔어요. 아직도 점수로 학생들을 못살게 구는 모양이군요?"

"어디든 그렇잖아요? 저, 나아질 수 있을까요?"

"적응 과정을 거치면서 차차 나아질 겁니다."

"안 나아지면요? 계속 이러면요?"

"최악의 경우를 말해 달라는 건가요?"

의사가 두 팔을 책상에 올리고 깍지를 낀 채 안경알 너머로 나를 봤다. 나도 안경알 너머로 의사를 본다.

"최악의 경우에는 이식받은 꼬리를 떼어 내고 다시 대기자 명단에 이름을 올려야겠죠."

의자에 앉아 있는데도 다리가 후들거렸다. 위장 속에서 검은 백합이라도 피어나는 듯 속이 울렁거린다. 이 자리에서 다 게워 내고 새출발을 할 수만 있다면! 정학에 벌점까지 토해 버리고 아무 일 없었다는 듯 진료실을 나서는 거다. 나는 죄 없이 가련한 척하면서 늘어진 꼬리를 노려봤다. 오랜 기다림 끝에 차지한, 소중하기 짝이 없는 꼬리. 꼬리가 없다면 학교로 돌아가지 못하고 방에 숨어 살아야 한다. 이 말썽쟁이 꼬리가 없으면 난, 아무것도 아니었다.

"만에 하나 그럴 수도 있다는 거니까 너무 심각하게 생각하지는 말고요."

나는 만에 하나라는 희귀한 확률로 완벽에 가까운 꼬리를 얻었다. 행운이 불운으로 돌아올 확률이 얼마나 될까? 만에 하나보다는 높을 듯했다.

"아까 백합병이라고 했죠? 그건 일종의 신경 쇠약인데, 환자분이 현재 스트레스에 취약한 상태인 건 맞습니다. 안정제를 처방해 줄 테니 영양 보충에 신경 쓰면서 며칠 푹 쉬세요. 마음을 편히 먹고요."

병원을 나서자마자 처방전을 구겨서 쓰레기통에 던져 넣었다. 정신을 흐릿하게 하는 안정제 따위는 필요 없다. 아까부터 진동이 울려 대던 에핑 고를 꺼내 화면을 켠다. 제14학교 채팅방에 메시지가 연달아 올라왔다.

– 유해리 얼굴에 자국 난 거 봤어?
– 봤지. 진짜 웃기더라.

- 친구가 그런 일을 당했는데 웃기냐.
- 나 걔랑 안 친한데? 친구 아님.
- 그렇게 나대고 다니더니 쌤통이지 뭐. 이번에 정신 좀 차렸을까 몰라.
- 미아를 못 잡아먹어서 안달이더니 이제 단새미한테까지…… 너무 집요해. 질척거려.
- 맨날 2등만 하니까 약 올라서 그렇지 뭐. 유해리가 어떻게 미아 꼬리를 당하겠어. 어림도 없지.
- 단새미 걔, 보기보다 의리 있더라? 선생님이 서명 억지로 한 거 아니냐는데도 아니라 그러고, 서명지도 다시 찾아 주려 그러고.
- 안 그래도 석류가 단새미한테 미안하다고 울먹거리던데. 자기 때문에 정학당했다고.
- 다 자기한테 이득이 될 거 같으니까 그런 거지, 설마 석류 생각해서 그랬겠어?
- 왜, 석류랑은 잘 지내는 거 같던데.
- 단새미가 심했어. 유해리 충격 먹어서 입원했대.
- 그거 다 꾀병이야. 관심 끌려는 쇼.
- 단새미는 맨날 집에서 혼자 놀던 애라 보고 배운 게 없는 듯.
- 누가 뭐래도 난 이번에 단새미 다시 봤음. 화끈하고 멋짐.
- 하긴 공부도 잘하고 똑똑하고…….
- 꼬리가 장난 아니잖아. 그 꼬리 달고 딱 하루만 살아 봤으면!
- 분위기 왜 이래? 내가 보기엔 미아 꼬리가 아까운데. 미아라면 절대

안 그랬을걸.

– 맞아. 어떤 상황에서든 폭력은 천박한 거야.

– 누가 단새미 잘했대? 이해 가는 면도 있다는 얘기지.

제14학교 아이들은 내가 서명지를 훔치려다가 정학당한 일을 두고 이러쿵저러쿵 옥신각신하는 중이었다. 예상한 일이었지만, 그 와중에 내 편을 드는 애들이 제법 있어서 놀라웠다.

꼬리가 복잡한 문양을 그리며 허공을 휘젓는다. 이렇게 멋진 꼬리를, 남들은 단 하루라도 달아 보고 싶어 하는 꼬리를 떼어 낸다고? 누구 맘대로! 15년을 기다려 이식 수술을 받았는데 도로 대기자 신세가 될 수는 없다. 나는 꼬리를 두 손으로 아프도록 꽉 움켜쥐었다. 부작용을 이겨 내지 못하고 절제 수술을 받으면 이 꼬리는 누군가 다른 사람에게 가겠지. 두 눈 뜨고 빼앗기지는 않겠어! 정학이 끝나고 학교로 돌아가면 석류 말고도 내 편이 있다는 사실은 희망적이었다. 꼬리가 또 말썽을 부렸을 때 내 편에서 여론을 형성해 줄 방패가 있으면 나쁘지 않을 것이다. 그래도 방심은 금물, 퇴학이라도 당하면 인생 계획이 어그러지니까. 꼬리의 매력을 한껏 발휘하고 그 혜택을 누리며 살아가려면 추문이나 퇴학 따위 흉터는 없어야 해.

집으로 가는 버스를 탔는데, 나도 모르게 또 그 주택가에 내리고 말았다. 얼굴을 찌푸린 채 다음 버스 시간을 확인하려 말고, 정류장을 벗어나서 골목길로 스며들었다. 정학도 당했겠다 시간이 많으니 이참에 둘러

볼 작정이었다.

역시나 친숙한 느낌. 그동안 몇 번 와 봤기 때문인지, 그것과는 상관없는 기묘한 기시감인지.

샛골목으로 빠지려고 모퉁이를 도는데, 뒤에서 누군가 외쳤다.

"루나? 루나야!"

시네 카우다의 세계

분수대로 다가와 내 꼬리를 바라보는 테오 눈에 눈물이 글썽거렸다. 지난해 가을까지만 해도 진미아의 일부였던 꼬리가 이제는 내 전부가 되었다.

"할 얘기 뭐?"

인사도 생략하고 딱딱한 목소리로 묻는 테오. 얘가 열네 살이었나? 나이보다 두어 살은 어려 보이는 외모인데도 몇 달 사이, 눈빛이 깊어졌다. 작년 말쯤, 부모님이 전해 주라고 했다면서 테오가 제14학교 편입 시험 예상 문제지를 메시지로 보내왔다. 그리고서 오늘, 처음으로 테오에게 연락했다. 할 얘기가 있으니 제14병원 앞 분수대로 나오라고, 진미아가 쓰던 에핑고도 갖고 오라고 말이다. 과연 올까 싶었는데 왔다.

"아까 누굴 만났는데, 그 사람이 해 준 얘기가 맞는지 너한테 확인해 봐야 할 거 같아서 보자고 했어."

"그러니까 무슨 얘긴데?"

테오가 내 그림자 너머에서 팔짱을 끼고 선 채 다그쳤다. 예전과 달리

나를 못마땅해하는 기색이 역력하다. 내가 제 누나의 꼬리를 가져간 데다가 유언도 사실대로 말해 주지 않아서겠지, 아마도.

"혹시, 루나라고 알아?"

"루나? 응."

"안다고?"

"안다고."

"루나가 살아 있을지 모른다는 것도?"

"루나야 당연히 살아 있지! 왜 자꾸 당연한 얘기를 해? 이러려고 부른 거야?"

"너희 누나가 나만 알고 있으라고 한 건데, 넌 언제부터 알았어?"

"무슨 소리야? 우리 집 곤줄박이를 어떻게 너만 알아?"

너? 곤줄박이? 나는 둘 중 뭐가 더 어이없는지 가늠하느라 우물쭈물하다가 어느 쪽으로든 대꾸할 기회를 놓쳤다.

"루나, 날개를 다쳐서 죽어 가는 걸 우리 누나가 구조한 새야. 이름도 누나가 지어 줬고."

내가 못 믿겠다는 표정이었는지, 테오가 에핑고로 사진을 보여 줬다. '루나'란 명패가 붙은 널따란 새장에서 자는 조그만 곤줄박이. 새장 문은 열려 있다.

"잠깐만. 진미아가 얘한테 루나란 이름을 지어 줬다면…… 그게 언제쯤 이었어?"

나는 테오가 안다고 한 루나의 정체에 실소를 흘리다 말고, 지푸라기라도 잡는 심정으로 물었다.

"오륙 년 전쯤. 아 진짜, 왜 그러는데!"

오륙 년 전, 그때쯤 루나가 진미아에게 연락했나? 새 말고 인간 루나 말이다. 진미아가 남긴 유언과 오늘 만난 루나의 친구가 들려준 이야기, 그 둘의 교차점이 보일락 말락 아른거렸다.

"내가 아까 만난 사람, 자기가 루나의 친구라고 했어."

"루나는 우리 가족 말고는 사람 친구 없어."

"자꾸 말 끊지 말고 내 얘기 좀 들어 봐."

몇 시간 전 주택가에서, 나를 루나라고 부르는 소리에 뒤돌아보니 20대 후반쯤으로 보이는 여자가 서 있었다. 여자는 내 얼굴을 보고 당황해서 한 걸음 물러났다. 나를 자기 친구로 착각했다고, 꼬리가 너무 똑같아서 그랬다는 해명이 돌아왔다. 그 말을 증명이라도 하듯 내 꼬리가 여자 손목에 휘감겨서 떨어지려 하지 않았다. 반가운 사람을 오랜만에 만났다는 듯 다정하게 구는 꼬리가 자꾸만 잘못 내리는 정류장처럼 낯설면서도 낯익었다. 루나란 사람이 꼬리의 원래 주인, 즉 진미아에게 꼬리를 준 기증자가 아닐까 하는 짐작이 갔다. 나는 루나의 친구에게 최근 꼬리 이식 수술을 받았다는 사실을 밝히면서 내 짐작도 털어놓았다. 정보를 얻으려면 먼저 정보를 내주어야 했다.

"그러니까 그 사람, 엄청 놀라더라. 꼬리 이식 수술이라니 루나가 죽기라도 했다는 말이냐면서."

그런 반응이 나올 만도 했다. 루나가 꼬리 기증자라면 살아 있을 리 없으니까. 기증자에게 사망 선고나 회생 불가능하다는 뇌사 판정이 내려진 다음에야 꼬리를 절제하여 대기자의 수술대로 가져가게 된다. 꼬리에 질병이나 사고로 문제가 생겨서 절제 수술을 받는 사람들도 있지만, 그런 꼬리는 기증 대상이 아니기에 화장하여 정해진 장소에 묻는다. 석류의 동생도 꼬리를 그렇게 '보내 줬다고' 했다.

"잠깐만! 그럼 우리 누나한테 꼬리를 준 기증자가 루나라는 거야? 우리 누나는 곤줄박이한테 그 이름을 붙여 줬고?"

새똥이라도 씹은 표정으로 내 얘기를 듣던 테오가 중간 매듭을 지으려 했다.

"아무래도, 정황상 그런 거 같아."

"누나가 기증자 이름을 어떻게 알고? 아빠 에핑고에서 관련 서류를 봤는데, 꼬리 기증자에 관한 정보는 기증자 의사에 따라 최소한으로 제공한다고 되어 있었어. 열일곱 살 여자, 이렇게 나이랑 성별밖에 없었다고. 의학적으로 문제가 없는 건강한 꼬리임을 신체이식관리청에서 보증한다는 내용이랑."

테오 말대로, 기증자는 자신이 원치 않는 정보는 공개를 거부할 수 있다. 신체이식관리청이 중간에서 보증을 서고 중계하기 때문에 관리청 심사를 통과한 꼬리라면 대기자는 안심하고 이식받는다.

"그건 좀 이따가 설명할게. 루나 친구가 옛날 사진을 보여 줬는데, 그 사진을 보니까 이 꼬리가 루나 거였던 건 맞아."

내가 자꾸만 잘못 내리던 주택가의 담장을 배경으로 내 또래 두 여학생이 팔짱을 끼고 함께 찍은 사진 속에, 지금은 내 것이 된 꼬리가 있었다. 착각하거나 못 알아볼 수가 없는 꼬리였다. 그 옆에는 나를 루나라고 부른 사람이 오래전 모습으로 서 있었다. 꼬리로 루나 손목을 다정하게 휘감은 채.

"같이 사진을 찍었을 때가 12년 전인데, 그러고 나서 루나가 집을 떠나 방랑 생활인지 뭐 그런 걸 시작해서 오랫동안 직접 만난 적은 없대."

"12년 전이면, 우리 누나가 꼬리 이식 수술을 받았을 무렵이야. 그때 이후로 연락한 적이 없다면 루나란 사람이 죽었어도 친구는 몰랐겠네."

"아니야. 1년에 한 번씩은 꼭 연락이 온대. 루나, 살아 있는 거 같아."

루나는 매해 정월 대보름마다 메시지나 전화로 소식을 알려 온다고 했다. 올해는 전화였기에 자기 귀로 루나 목소리를 똑똑히 들었다고 친구가 증언했다. 왜 하필이면 정월대보름인가 했는데, 루나란 이름에 담긴 의미를 생각하니 이해가 됐다. 루나, 달. 정월대보름은 해마다 첫 달에 보름달이 떠오르는 날이다. 어그러진 데 없는 둥근달이 뜰 때 옛 친구에게 연락하는 루나.

"멀쩡한 꼬리를 떼서 남한테 기증하고 자기는 꼬리 없이 살고 있다고? 그게 말이 돼?"

테오 말마따나, 루나 친구가 보여 준 사진 속 꼬리는 건강하고 멀쩡해 보였다. 병이나 문제가 있는 꼬리였다면 신체이식관리청에서 이식자를 찾아 주지도 않았을 것이다. 그렇다면 루나는 아무런 이상도 없는 꼬리를 잘라 낸 채 살아가고 있다는 뜻이었다.

다른 동네로 이사한 친구를 찾아와서 마지막으로 만난 뒤에 루나는 학교도 그만두고 집을 나가 먼 곳으로 떠났다고 했다. 1년에 한 번씩 연락할 때도 발신처가 표시되지 않고 수신도 되지 않는 전화만 이용하는 데다가 그 전화마저 매번 바뀐다. 12년 전, 친구에게는 말하지 않고 꼬리 절제 수술을 받은 뒤에 자취를 감추었다면 시간상으로는 말이 되었다. 진미아가 꼬리를 이식받은 때가 그쯤이니까.

"무슨 스파이나 요원이야? 친구한테 왜 그런 식으로 비밀스럽게 연락해?"

"자기를 쫓는 사람들이 있어서 위치가 노출되면 안 된다고, 언제나 보안에 철저해야 한다고 말한대. 너 정말 루나에 관해서 아는 거 없어?"

"루나는 우리 집 곤줄박이밖에 모른다니까. 부모님도 모를 거고. 우리 누나는 어떻게 안 거지? 루나 친구란 사람이 거짓말한 거 아냐?"

나도 테오와 같은 의심을 안 해 본 것이 아니다. 몇 달 전 정월대보름에 친구에게 전화를 건 사람이 루나가 확실할까? 하지만 루나 아닌 사람이 루나인 척할 이유는 또 뭔데? 루나 친구가 처음 보는 나를 붙잡고 이야기를 꾸며 낼 이유도 없어 보였다.

"곤줄박이 이름 하나 갖고 우리 누나가 기증자 정체를 알고 있었다는 결론을 내리는 거야? 근거가 너무 빈약하잖아."

"그러니까 진미아 에핑고에 다른 단서가 있나 찾아보자는 거야."

"그게 다가 아닌 거 같은데. 뭔가 더 있는 거지? 우리 누나한테 대체 무슨 말을 들은 거야?"

피 묻은 마스크 너머로 들리던 가래 끓는 목소리, 진미아의 유언이 떠올랐다. 어이없는 헛소리라며 구석으로 치워 두었던 말. 그래, 이제는 때가 되었다. 더는 시간 낭비하지 말고 본론으로 들어가자. 그 무거운 말을 나 혼자 낑낑대며 들고 있지 말고 테오 발등에라도 놓아 버리자.

"꼬리 기증자가 살아 있다고, 예전에 자기를 만나러 왔다고 했어."

진미아가 자신을 만나러 왔다는 기증자의 이름을 말하려는 순간, 기계 장치에서 삐 소리가 나면서 두 번째 발작이 일어났었다. 그러고는 일주일 간 이어진 혼수상태와 죽음, 이식 수술.

"뭐? 왜 그걸 이제야 말해?"

"진미아가 나만 알고 있으라고 했으니까."

"혼자만 알고 있으라고 했는데 그걸 말한 거야, 지금?"

뭘 어쩌자는 걸까, 이 녀석은.

"거짓말이지? 나 놀리는 거지? 너 우리 엄마한테도 거짓말했지?"

"그땐 나도 진미아 말을 믿을 수가 없었어. 정신을 잃기 직전이라 아무 말이나 했나 보다 했다고. 그래서 너희 엄마가 듣기에 좋은 말을 지어낸 거야. 악의는 없었어."

악의는 없었다지만 선의만도 아니었다. 유언을 들은 대로 전했을 때 진미아의 엄마가 어떤 반응을 보일지 예측하기 어려웠기에 안전한 선택을 해야 했다. 내 앞날에 불확실한 그림자를 드리우는 일은 하고 싶지 않았다. 너무나도 간절히 꼬리를 갖고 싶었으므로.

테오는 내 말을 한참이나 곱씹더니 어깨를 으쓱하고는 가방에서 제 누나의 에핑고를 꺼냈다. 일단 나 하자는 대로 해 봐도 손해는 아니라고 판단한 듯했다.

나는 분수대에 걸터앉아 에핑고를 켰다. 첫 화면에 뜬 미문 인증창에 꼬리 끝을 대자, 몇 달간 잠든 채 있던 에핑고가 열린다.

기기는 날을 잡아 정리한 듯 텅 비었지만 단 하나, '꼬리 없는 마을에서'라는 제목으로 저장된 메시지 목록이 있었다. 소름 같은 땀방울이 등줄기를 타고 흘러내렸다. 꼬리 없는 우주, 꼬리 없는 마을…… 시네 카우다의 세계.

떨리는 손가락을 메시지 목록으로 가져가는 사이, 테오가 새치기하듯 목록을 눌러 버렸다. 메시지가 펼쳐지자, 가장 먼저 사진이 보였다. 루나의 친구가 보여 준 사진과 비슷한 시기에 찍은 듯한 사진이다. 진미아를 거쳐 이제는 내 것이 된 꼬리가 사진을 뚫고 나올 듯 선명했다.

네 꼬리에 관해 알고 싶지 않아?
아무래도 꼬리 때문에 고생이 많을 거 같아서 말이야.
내일 오후 3시에 너희 집 뒤편 산책로로 나오면,
어떤 꼬리인지 얘기해 줄게.

꼭 나에게 건네는 말 같았다. 꼬리 끝이 통화 아이콘을 건드린다. '발신 전용 전화에는 연결할 수 없습니다'란 안내와 '선불 약정이 끝나 해지된 번호입니다'라는 안내가 연달아 나왔다. 전화를 끊고 다시 걸었다. '발신 전용 전화에는 연'…… 뚝 끊고서 다시 걸고, 다시 걸고. 어디 있는지 모를 루나와 통화하고 싶었다. 내가 어떤 꼬리를 이식받았는지, 어떻게 하면 이 꼬리를 통제할 수 있는지 알고 싶었다.

테오가 그쯤 해 두라는 식으로 에핑고를 빼앗아 가더니 화면을 아래쪽으로 내렸다. 메시지 밑에 이미지가 하나 더 첨부되어 있다. 6년 전 신문 기사의 첫머리를 캡처한 것이다.

질서수호단, 무정부주의자 소탕 작전에 나서

질서수호단은 "전국의 산과 숲 등 은밀한 곳에 숨어 지내며 불온한 사상을 전파하고 질서를 교란하는 무정부주의자들이 늘어나고 있다"라면서 "이들을 끝까지 추적하여 응징할 것"이라고 밝혔다.

"어? 이런 기사 요즘에도 나오는데?"

테오가 중얼거리더니 자기 에핑고로 기사를 찾아서 보여 주었다. 한 달 전쯤, 질서수호단이 수정숲을 파고 들어가 무정부주의자들 은신처를 급습했으나 그들은 전원 달아났다는 내용이다.

질서수호단이란 단체는 무슨 권한으로 이른바 소탕 작전이란 걸 펼치는 거지? 관련 기사를 찾아봐도 질서수호단에 대한 설명이나 비평은 없었다. 마치 그런 단체가 존재하는 것이 당연하며 우리 모두 그 필요성을 인정하고 있다는 듯이.

"사진은 자기가 누구인지 증명하려고 보냈을 거고, 이 기사는 뭐지?"

"대놓고 말하기는 어려운 걸 암시하려고 한 거 아닐까?"

암시? '꼬리 없는 마을에서'라는 제목을 다시 확인했다. 꼬리 없는 마을이란 곳이 실재한다는, 그 마을 사람들이 무정부주의자로 낙인찍혀 쫓기고 있다는 암시였을까? 보안상 대놓고 말하지는 못하고 넌지시 일러 주는 정보 말이다. 그렇다면 진미아는 루나를 직접 만나고서야 루나라는 이름과 꼬리 없는 사람들이 모여 사는 공동체 이야기를 들었을 것이다.

"어딘가에 정말 꼬리 없는 마을이 있을 거 같다는 생각이 들었어, 방금."

"그 마을에 루나가 살고 있을지도 모르고?"

"그렇지."

"우리 누나, 그 마을에 가 봤을까?"

"집을 오래 비운 적 있어?"

"학교 행사 같은 걸로 며칠 비운 적은 있지. 그런 거 아니면 학교, 집, 봉사 활동 하는 데만 왔다 갔다 했고."

나는 테오가 찾은 기사를 더 읽어 보았다. '공적 규범과 체제를 무시하고 사회 질서를 흐트러뜨리는 무정부주의자들'과 같은 말이 인용문 형태로 반복해서 등장했다. 진미아처럼 탄탄대로를 걷던 애가 안전한 집을 떠나서 이런 위험한 곳으로 갈 이유는 없었을 듯했다. 마지막에 이르러서는 진미아도 자신이 받은 관심과 혜택을 압박이라고 여기며 고통스러워했지만, 그건 병에 걸리고 난 다음에야 인정하게 된 속내였다. 병실에 눕게 되니 마음이 있다 해도 몸이 따라 주지 않아서 꼬리 없는 마을을 찾아가지 못했을 테고.

"꼬리 없는 마을에 가면 루나를 만날 수 있을지도 몰라."

루나는 어떤 사람일까? 왜 멀쩡한 꼬리를 떼어 냈을까? 정말 꼬리 없는 삶을 스스로 선택한 걸까? 자의든 타의든 루나는 꼬리를 잃었고, 나는 그 꼬리를 얻었다.

"만나서 뭐 하게?"

"이 꼬리에 관해 물어보려고. 어떤 꼬리길래 떼어 냈는지, 잘 다루려면 어떻게 해야 하는지. 뭐든 알고 싶어."

그래야 내가 누구인지, 어떤 사람이 되었고 어떤 인생을 살게 될지 알 수 있을 것 같았다. 의사는 최악의 경우, 꼬리를 잘라야 할 수도 있다고 했다. 나는 그 최악의 근처에도 갈 마음이 없었다. 이 꼬리에 관해 최대한 자세히 알아낸다면, 꼬리를 하루라도 빨리 통제하는 데에 도움이 될 것이다. 통제력이란 상대를 얼마나 잘 아느냐에 따라 강도도 효능도 달라지게 마련이니까.

"어디 가서 찾을 건데?"

"일단, 수정숲."

"거기 가도 꼬리 없는 마을은 소탕되고 없어. 다른 데로 도망갔다잖아."

"그래도 단서는 남아 있을지도 몰라. 소문 같은 거라도."

"그렇다면 나도 갈래."

"뭐? 네가 왜?"

"우리 누나도 아프지만 않았다면 꼬리 없는 마을을 찾아갔을 거 같으니까. 병에 걸리고 나서는 모든 걸 후회하는 눈치였어. 그래서 그런 유언도 남겼을 거야."

"자기 대신 나라도 꼬리 없는 마을을 찾아가 보라고? 글쎄, 모르겠다.

어쨌거나 난 진미아 때문에 가려는 게 아니야. 내가 궁금해서 찾아 보려는 거지."

"나도 꼬리 없는 마을이 궁금해. 누나는 못 가니까 나라도 가 보고 싶어."

"가고 싶으면 알아서 따로 가. 난 너랑 같이 안 가."

내 인류애는 얄따랗고 얄팍해서, 죽은 기증자의 버릇없는 동생이라는 짐을 지고 먼 수정숲으로 떠날 아량이라고는 없었다. 그러자 테오가 진미아의 에핑고를 가방에 챙겨 넣으며 말했다.

"집에다가는 뭐라고 말하려고?"

"캠프 같은 데를 간다고 하거나 뭐, 적당히 둘러대야지. 의사가 추천한 캠프라고 하면 보내 줄 거야."

"아, 너희 부모님한테 그렇게 전하면 되겠네. 단새미가 캠프에 참가한다고 거짓말하고 위험한 곳에 가려고 하니까 절대 보내 주지 말라고. 역시 거짓말쟁이였어. 그럴 줄 알았다니까."

뾰족뾰족한 밤송이가 목덜미에 떨어지면 이렇게 따갑고 성질날까? 나는 눈빛에서 밤 가시라도 발사되기를 기도하며 테오를 쏘아보았다. 테오는 아랑곳하지 않고 내 눈을 똑바로 바라보았다. 이럴 때 보면 진미아를 닮았다. 짜증 나도록 엄청나게.

"왜 방해하는 건데? 왜 귀찮게 엉겨 붙어?"

"난 혼자서 다니면 오히려 귀찮은 일이 생기거든. 저번에 할머니 댁에 가려고 기차를 탔는데 누가 길 잃은 어린이라고 신고해서 경찰 출동하고 난리도 아니었어. 어려 보여서 귀찮은데 너랑 같이 다니면 아마 괜찮을

걸? 우리 아빠 에핑고에 너희 집 번호 저장돼 있을 텐데, 어떻게 할까?"

"협박하는 거야? 넌 윤리의식이란 게 없니?"

"혼자만 알고 있으라는 우리 누나 부탁을 어긴 사람이 그런 말 하면 안
되지."

여기 계속 있다가는 애 목을 꼬리로 조를 것 같았다. 나는 분수대에서
벌떡 일어나 아무 방향으로나 걸어갔다. 진미아가 성가신 녀석을 남겨 두
고 떠났다고 투덜대면서.

5부

꼬리 없는 마을로

중앙 환승역에서

이틀 뒤 아침, 우리 셋은 기차역에서 만났다. 여기에서 '셋'이란 나와 테오, 그리고 한 명 더, 석류였다.

나는 석류에게 연락해서 나와 함께 캠프를 가는 것으로 해 달라고 부탁했다. 석류는 이제껏 전국의 캠프라는 캠프는 다 참가해 본 캠프 퀸이라고 자신하는 데다가, 나한테 진 빚이 있으니까. 걔는 내가 자기를 도와주려고 서명지를 훔쳤다가 정학, 벌점, 가산점 취소라는 삼중 처벌을 받은 줄로 안다. 내 예상대로 석류는 기꺼이 우리 부모님에게 일주일 동안 집을 비우는 알리바이를 제공하겠다고 나섰다. 마침 봄꽃 캠프가 열리는 시기라면서 말이다. 여기서 문제가 발생했다. 석류가 자기도 같이 가겠다고 나선 것이다. 동생 귤이에게 꼬리가 없으니 꼬리 없는 마을에 꼭 가 보고 싶다나?

알고 보니 석류와 테오는 서로 아는 사이였다. 제14학교는 학년 초마다 기숙사 개방 행사를 하는데, 작년 행사 때 테오가 부모님을 따라왔다가 그 당시 진미아의 룸메이트였던 석류를 만나 인사를 나누었다고 했다.

기차가 도착했다.

나는 열차 진행 방향으로 놓인 창가 자리를 차지하고 앉았다. 가족석이라 두 자리씩 마주 보고 앉게 되어 있었다. 예매를 늦게 했더니 남은 기차표가 4인용 가족석뿐이었다. 예상대로 석류가 맞은편 창가에 앉자 내 옆과 석류 옆, 두 자리가 남았다. 게임에 정신이 팔린 테오가 느릿느릿 걸어왔다. 나는 꼬리를 옆자리에 턱 올려서 거부 의사를 밝혔다. 에핑고에서 눈을 뗀 테오가 불쾌하다는 듯 꼬리를 씰룩이더니 배낭을 선반에 올리고 석류 옆에 앉았다.

옆자리를 비워 두는 데 성공했으니 꼬리를 등 뒤로 당기려는데, 꼬리가 또 말을 듣지 않고 버렸다. 승객들 시선이 내 쪽으로 쏠렸다. 길거리나 공공장소에서 늘 겪는 일이다. 나는 꼬리가 허벅지를 가로질러 무릎 아래로 떨어져 내리게 하고는 팔짱을 끼었다. 영화나 드라마에서 매력적인 꼬리가 달린 등장인물이 흔히 취하는 자세였다.

"너무 대놓고 자랑하는 거 아니야? 우리 누나는 그렇게 잘난 척하지 않았어."

테오가 에핑고를 들여다보며 말했다. 뭐야, 정수리에 눈이 달렸나?

"너 보라는 거 아니니까 신경 쓰지 마."

"그 뻐기는 표정이라도 어떻게 좀 하든가."

"네 누나가 마지막에 속마음을 털어놓은 사람이 바로 이 표정 관리도 못 하는 잘난 척쟁이거든, 알지? 너도 그 덕분에 따라온 거고!"

테오는 게임을 하며 커다랗게 콧방귀를 뀌었다. 무슨 말인지 알 리 없는 석류는 어리벙벙한 표정이고. 석류는 내가 꼬리 없는 마을을 찾는다는 사실만 알지. 거기 왜 가려는지는 모른다. 나는 더 알 거 없다는 눈빛을 던지고는 자리에서 일어나 복도를 걸어갔다. 사람들이 보건 말건 꼬리를 휘두르면서. 떠들썩하게 북적이는 기차역에 도착하고부터 꼬리 움직임이 눈에 띄게 활발해졌다.

화장실에 들렀다가 식당 칸으로 가서 물을 마시고 오자, 이야기를 나누던 석류와 테오가 나를 바라보았다. 그 순간 느꼈다. 다 말했구나, 다 들었어! 저 촐싹대는 녀석이 석류에게 비밀을 털어놓은 것이 틀림없었다. 첫 번째 기증자인 루나가 살아 있고 그 사람을 보러 꼬리 없는 마을을 찾아가고 있으며 진미아가 루나의 존재를 나에게 알려 주었다는 얘기까지, 전부 다.

"맞아, 다 말했어. 난 누구랑 달리 거짓말에 소질이 없거든."

내 표정에서 속생각을 알아차린 테오가 뻔뻔하게 나왔다.

"걱정하지 마, 새미야. 아무한테도 말 안 할게. 굴이한테도."

그나마 석류는 내 눈치를 살폈다.

얼마 지나지 않아 테오는 에핑고를 무릎에 올린 채 잠들었다. 무방비 상태로 입을 벌리고 잠든 모습을 보니 정말 집 나와 길을 잃은 어린애 같았다. 동행이 두 명이나 있으니 오늘은 경찰에 신고하는 사람이 없겠지. 아쉽다. 저 녀석 좀 집에 데려가라고 나라도 신고해 버리고 싶었다.

"진미아 얘기도…… 들은 거지?"

"이식 수술 받았다는 거?"

"안 놀랐어?"

"놀라기는 했지. 그런데 내 동생은 꼬리 절제 수술을 받았고 미아는 반대로 이식 수술을 받은 거란 생각을 하니까 그냥 그렇구나 싶어. 누구한테든 일어날 수 있는 일을 굳이하고 미아가 겪은 거지."

"루나랑 꼬리 없는 마을 얘기, 넌 어때? 믿어져?"

"그건 믿음이 아니라 사실의 문제가 아닐까? 그런 면에서 보자면, 그 둘이 예외적 사실이었으면 좋겠어. 예외가 세상을 바꾸기도 하니까. 난 이 세상이 변해야 한다고 생각해."

나는 세상이 변하기를 바라지 않는다. 바뀌려면 진작 바뀌었어야 한다. 지금은 아니다, 이제는.

중앙 환승역에 가까워지면서 침엽수로 빼곡한 산이 나타났다. 산등성이에는 올해 초 내린 눈이 미처 녹지 않고 남아 있었다. 바야흐로 북쪽 지방이었다. 열차 안이 쌀쌀해지자 승객들은 가방에서 담요나 겉옷을 꺼냈다. 석류도 트렁크로 가서 외투 두 벌과 담요 한 장을 꺼내서 가져왔다.

"캠프를 다니면 항상 날씨 변화에 대비해야 되거든. 이거 받아."

테오에게는 담요를, 나에게는 겉옷을 건넨다. 창문 위쪽에 붙은 난방기를 붙들고 씨름하던 테오는 담요를 받아 둘렀다. 나도 고맙다고 말하고는 외투를 입었다. 평소 내가 입는 옷보다 한 치수 크지만 따뜻했다.

외투 꼬리구멍으로 빼낸 꼬리가 춤을 추듯 커다란 원을 그린다. 기차를 타고 내리느라 승강장에 가득한 사람들이 내 꼬리에 집중했다. 추운 지방인데 보온 장신구를 두르지 않고 맨살을 드러내서 더 눈에 띄는 꼬리였다. 불어오는 찬 바람에 손과 얼굴, 꼬리가 차가워졌다. 석류는 준비해 온 두

툼한 울 장신구를 꼬리에 둘렀다.

"테오는 옷을 사고, 새미는 보온 장신구를 사는 게 어때? 수정숲 근처로 갈수록 더 추워질 거야. 환승하려면 두 시간 남았으니까 시간은 넉넉해."

"그래, 가리든가 가만있든가 둘 중 하나라도 해 봐. 꼬리를 자꾸 휘두르니까 다들 쳐다보잖아."

"너 자꾸 시비 걸 거면 아예 말을 붙이지 말아 줄래?"

"나한테 먼저 말 걸어서 만나자고 한 사람이 누구더라? 이제 다 이용해 먹었다 이거야? 우리 누나 꼬리가 진짜 자격 있는 사람한테 가야 했어. 고마움을 알고 겸손한 사람한테!"

테오가 쏘아붙이더니 돌아섰다. 나는 기차역 한쪽에 모인 상점으로 향하는 테오 등에 대고 하얀 불처럼 입김을 뿜으며 소리쳤다.

"너희 부모님이 결정한 일이니까 집에 가서 따져! 그리고 엄밀히 말하자면 너희 누나 것도 아니거든!"

테오는 내 말이 등이라도 떠미는 듯 발걸음을 빨리하더니 뛰다시피 해서 옷 가게로 들어갔다. 추운지 장갑까지 꺼내서 낀 석류가 씩씩거리는 나를 물끄러미 바라보다가 말했다.

"테오가 많이 힘든 모양이야. 걔 딴에는 안 그런 척하려고 애쓰는데 그냥, 보고만 있어도 느껴져."

나도 안다. 누나를 잃은 테오의 고통은 내 감정까지도 침범해서 발밑에 어두운 웅덩이처럼 고였다. 나는 그 물에 발을 담그고 싶지 않았다. 세상은 언제나 살아 있거나 살아남은 자들을 위한 무대이고, 인생이란 누구에게나 까다로운 배역이다. 각자 자기만의 방식으로 괴롭단 말이다.

"진미아가 죽은 게 내 탓은 아니잖아. 걔가 죽길 바란 것도 아니고. 난 꼬리를 원했을 뿐이야."

물론 내 꼬리는 진미아의 죽음 다음에만 찾아오는 행운이었다. 진짜 자격 있는 사람에게 갔어야 한다고? 나와 꼬리의 조직 적합도는 97퍼센트, 어쩌면 내 인생에 단 한 번뿐일 행운이었다. 행운보다 더 중요한 자격이 어디 있을까. 누군가는 실력이나 노력이 아니라 운과 도움으로 좋은 배역을 꿰찬다. 석류, 진테오! 너희들은 운대로 누리고 살면서 왜 나한테는 다른 사람을 돌아보라는 건데? 이제 타인의 세상을 기웃거리는 일은 지겹다. 난 남들처럼 살아가는 내 세상을 원한다.

"춥다. 보온 장신구 사 올게."

테오의 슬픔에 관해서라면 더는 이야기하고 싶지 않아서 석류를 눈 쌓인 나무 밑에 두고는 걸어갔다. 사람들이 열차와 가게로 흩어진 다음이라 역사 안이 휑했다. 저 끄트머리에 꼬리 장신구를 파는 노점이 있었다. 접이식 의자에 엉덩이를 걸치고 앉은 주인 할아버지가 보인다.

내 꼬리가 좌판으로 뻗어 나가더니 장신구를 쓸어서 흐트러뜨렸다. 입맛 까다롭고 성미 괴팍한 사람이 성에 차지 않는 밥상을 뒤엎듯이. 도무지 익숙해지지 않는 꼬리의 돌발 행동에 나는 또 당황하고 말았다.

"남의 꼬리로군? 보면 알지."

물건을 흐트러뜨렸는데 화도 내지 않고 말하는 할아버지.

"보면…… 안다고요?"

"영영 제 것이 되지 않는 꼬리도 있어. 간혹 그렇게 잘나고 고집 센 꼬리가 있다고. 유난히 드센 머리카락이나 흥분을 잘하는 심장처럼 말이야. 옛날엔 그런 꼬리를 두고 저주받았다고들 했지. 귀담아듣지는 마, 헛소리니까. 사람이 꼬리를 달고 다녀야지, 꼬리에 끌려다녀서야 쓰나."

저주받은 꼬리, 고자질쟁이 유해리가 하던 말이다.

"그래, 학생은 어디로 가나?"

"수정숲으로 가요."

"그럼 따뜻한 걸로 골라 보라고. 그쪽은 죄다 수정 같은 얼음에 눈꽃이니까. 달리 수정숲이 아니거든."

"사실은, 꼬리 없는 마을을 찾아가고 있어요. 수정숲 쪽에 있을까요?"

엉망이 된 좌판에서 아무것이나 하나 집어 들고는 얼마냐고 물으려다가, 충동적으로 딴소리를 했다.

"그걸 왜 나한테 물으실까."

"어쩐지 아실 것 같아서요."

"꼬리 없는 마을이라, 글쎄. 있다면 있고, 없다면 없지. 가고 싶은 사람은 찾겠고, 원치 않는 사람은 망가뜨리겠지. 어디 보자, 수정숲행 기차라면 한참 있어야 출발하니 그동안 공연 하나 보면 어떻겠나? 저쪽으로 가면 광대들이 재미있는 무대를 펼치고 있을 거야."

할아버지는 아리송한 말을 하고는 흐트러진 물건을 정리했다.

공연과 광대. 어쩌면 힌트일지도 몰랐다.

장수말벌의 안내

할아버지 말대로 역사 구석에 작은 무대가 있었다.

배우 두세 명에 관객은 이삼십 명쯤. 배우들은 꼬리구멍이 없는 옷 안쪽으로 꼬리를 감추고는 꼬리 없는 사람 행세를 하며 넘어지고 비틀거리고 기어다니고, 우스꽝스러운 동작을 해 댔다. 그중 한 명은 꼬리뼈 부근에 너덜너덜한 헝겊 쪼가리를 여러 개 모아서 매달아 놓았다. 꼬리 이식자 역할인 모양이었다. 얼간이처럼 말하고 행동하는 배우를 보며 웃고 손뼉 치는 관객들. 무지개 솜사탕을 든 꼬마가 팔짝거릴 때마다 짧고 통통한 꼬리가 나비처럼 팔랑인다.

"거기 갈색 외투 입으신 분! 꼬리가 정말 훌륭하네요! 꼬리 없는 사람들한테 한마디 해 주신다면요?"

꼬리 없는 사람 역할을 맡은 배우가 나를 향해 손나팔을 만들어 붙이고 외쳤다.

관객들이 고개를 돌리더니 내 꼬리를 봤다. 보온 장신구가 풀리는 바람에 겉으로 드러난 꼬리. 이런 상황에서 어떻게 반응해야 할지, 꼬리 있는 나와 꼬리 없는 내가 갈등했다. 내 안에 아직도 꼬리 없는 자아가 남아 있다니.

"한마디 듣고 싶다고요? 그럼 정말 꼬리부터 자르고 오든가요!"

주변이 조용해졌다. 내가 뱉은 말이 사람들 위에 불쾌한 온도로 내려앉았다. 꼬리 없는 사람이 어떤 인생을 사는지 알지도 못하고 관심도 없으면서 한마디는 왜 듣고 싶은데?

"미안해, 새미야. 나라도 사과할게."

무대에서 물러나 승강장으로 돌아가는 동안, 석류가 말했다.

"나도……."

웬일인지 테오까지 시무룩한 목소리로 중얼거렸다.

미안하긴 뭐가 미안해? 꼬리를 달고 태어난 일류 시민이 듣기에는 너무 노골적인 말이었다, 이거야? 나는 아무 대답도 하지 않고 걷기만 했다. 따질 사람은 따로 있었다. 전투력을 불태우며 꼬리 장신구 노점으로 가자, 햇볕을 받으며 졸던 할아버지가 눈을 떴다.

"보아하니 자네 취향은 아니었나 보군? 아주 푹 빠져서 뭉개고 있다가 기차를 놓치는 사람들도 있거든. 날 잡아먹고 싶어도 안 될 일이니 인상 좀 펴지 그래."

"사람을 놀리고 속이니까 재미있으세요?"

"속인 게 아니라 떠본 거야. 자네가 저치들하고 같은지 다른지 알아봐야 할 거 아냐? 아무한테나 꼬리 없는 마을을 알려 줄 수는 없거든. 적어도 악의와 적의는 솎아 내야지."

"마을이 어디 있는지 알긴 알아요?"

"마을이 어디 있는지 아는 사람을 알지."

"이젠 안 속아요."

"날 믿어 달라고 설득할 생각은 없어. 설득은 자네 몫이야. 마을에 가고 싶다면 들메를 설득해야 할 거야."

"들메는 또 뭐예요?"

무시해야 하는데, 묻고 말았다.

"안내자야. 정말 꼬리 없는 마을에 가고 싶나?"

"가고 싶으니까 여기까지 왔죠, 당연히."

"좋아, 들메에게 연락할 테니 동쪽 숲 입구로 가서 기다려. 올지 말지는 들메가 결정할 테니 30분이 지나도 안 오면 그만인 줄로 알게나."

"들메인지 뭔지 하는 사람은 왜 소개해 주려는 거예요?"

"자네를 뭘 믿고 정보를 알려 주느냐, 이거지?"

할아버지는 바닥에 늘어뜨린 꼬리를 눈앞으로 집어 올려 들여다보더니, 가장자리에 살짝 일어난 각질을 떼고는 다시 바닥으로 툭 던지듯 내려놓았다.

"자네 꼬리가 남의 꼬리란 걸 내가 단번에 어떻게 알았을 거 같나?"

"보면 안다면서요?"

"그래, 봤으니까 알지. 몇 년 전에 그 꼬리를 본 적이 있어. 그땐 꼬리 주인이 다른 사람이었지만."

"진미아가…… 여기를 왔었다고요?"

나는 한참 만에야 말뜻을 알아차리고는 물었다.

"그 친구 이름이 진미아였나 보군? 어른스럽고 예의 바른 친구였지. 어린 친구가 어른스럽다는 건 좋은 일만은 아냐. 마음속에 꾹꾹 누르고 있는 게 많다는 뜻이니까. 아무튼 그 친구도 보온 장신구를 사러 와서는 꼬리 없는 마을에 관해 묻더라고. 보통 이쯤에서 귀동냥을 하게 마련이거든. 내 보기에 믿을 만한 친구 같아서 안내자를 소개해 주겠다고 했어. 그땐 안내자도 다른 사람이었고 약속 장소도 멀었어. 나중에 들으니 약속 장소에 나타나지 않았다더군. 그냥 집으로 돌아간 거야."

루나에게 꼬리 없는 마을에 관해 들은 진미아가 나중에 혼자서 그곳을 찾아 떠난 적이 있다는 이야기였다. 진미아는 여기까지 와서 안내자를 소개받아 놓고는 왜 집으로 돌아갔을까. 무엇이 그 애를 이곳으로 이끌었다가 뒤돌아서게 했을까.

문득, 흔들리는 기차 차창에 비친 진미아의 얼굴을 본 듯했다. 창문 너머, 풍경 너머, 더 먼 곳을 바라보는, 텅 비었으면서도 꽉 찬 눈빛을. 병에 걸려 삶이 얼마 남지 않았다는 말을 들었을 때, 그 애가 가지 않은 길로 남게 된 꼬리 없는 마을을 떠올리며 무슨 생각을 했을지 나는 알지 못한다.

"이제 가 봐. 할 말 다 했으니 난 잠이나 자야겠네."

할아버지는 손을 휘젓더니 다리를 꼬고 모자를 푹 눌러쓴 채 팔짱을 꼈다.

나는 석류와 테오에게 가서 할아버지의 말을 전했다. 단, 진미아가 이곳에 왔었다는 이야기는 하지 않았다. 꼬리 주인인 나만 알고 있고 싶었다.

우리는 역사를 벗어나 숲 입구로 갔다. 지도를 확인하니 기차역 뒤쪽은 울창하고 거대한 숲이었다. 숲으로 드나드는 출입구만 해도 열 군데였는데 이곳 동쪽 문이 가장 외졌다. 약속한 30분에서 5분도 채 남지 않았을 때, 머리 위에서 부웅 하고 꿀벌이 날갯짓하는 듯한 소리가 났다.

붉은 불빛을 깜빡거리는 드론. 장수말벌 모양이었다. 우리 주의를 끈 드론은 작게 원을 그리더니 날아갔다.

우리는 드론을 따라 숲으로 들어갔다. 흙과 마른 나뭇가지를 밟으며 높게 치솟은 침엽수 사이사이로 걸어간다. 드론은 우리를 두서없이 끌고 다니며 갈피를 못 잡게 했다. 어느 지점부터는 에핑고도 먹통이 되었다. 우람한 소나무 앞에 다다르자, 작은 상자와 삽이 보였다.

"상자에 에핑고를 넣고 땅에 묻어."

어디에선가 들려오는 목소리에 우리 셋 다 놀라서 사방을 휘둘러보았다. 상대는 우리를 훤히 보면서도 자신은 보이지 않는 곳에 있었다. 들려오는 목소리 크기로 보아 먼 거리는 아니었다.

"에핑고는 왜?"

에핑고를 잃고는 못 사는 테오가 허공에 대고 외쳤다.

"너희 에핑고에는 보안 패치가 없잖아. 질서수호단 놈들이 에핑고를 해킹해서 마을 위치를 알아내기라도 하면 큰일 나."

숲속에서 뱅글뱅글 돌게 한 것도, 우리가 마을 위치를 모르게 하려고 그랬나 보다. 꼬리 없는 마을에 가려면 시키는 대로 할 수밖에 없었다. 테오와 석류가 상자에 에핑고를 던져 넣었고, 나는 삽으로 땅을 파서 상자를 묻었다.

몸을 일으켜서 손을 털자, 멀찌감치 떨어진 뾰족뾰족한 나무 뒤편에서
누군가 걸어 나왔다.

들메

나무 뒤에서 나온 사람은, 내 또래 남자애였다.

마른 몸집, 흐트러진 연갈색 머리카락, 외투 밖으로 늘어뜨린 장식꼬리. 내 옷장 속에도 한두 개 있는, 수수하고 밋밋한 가짜 꼬리였다. 시네카우다 증후군일까? 아니면 사고나 병으로 꼬리를 잃었을까? 어느 쪽이든 꼬리가 없었다. 예전의 나처럼.

"파수꾼 할아버지한테 들었겠지만, 난 들메야. '신발을 발에 동여매는 끈'이란 뜻이지."

나와 테오, 석류는 들메의 발을 봤다. 발등 부분이 주름진 갈색 부츠를 신었는데, 끈은 없었다.

"본명은 아니고 우리 마을에서 안내자를 부르는 말이야. 중앙 환승역에서 꼬리 장신구를 파는 할아버지는 누가 마을에 접근하려 하는지 먼 곳에서 망보는 파수꾼이고. 아무튼 네가 새미지? 넌 석류고, 넌 테오."

"어떻게 이름을 다 알아? 에핑고 해킹이라도 한 거야?"

궁금해하는 둘을 대신해서 내가 따져 물었다.

"너희가 서로 부르는 걸 들었어. 드론 카메라에 마이크도 달아 놨거든."

들메는 자기 왼쪽 어깨에 길들인 말벌처럼 올라앉은 드론을 손가락으로 가리켜 보였다.

"자기소개는 이쯤 해 두고, 역으로 돌아가려면 지금이 마지막 기회야. 가는 길은 드론이 안내해 줄 거야."

한 시간 넘게 숲길을 돌고 돌아 여기까지 오게 해 놓고는 역으로 돌아가라고? 석류와 테오도 순순히 후퇴할 기미가 보이지 않았다. 어차피 수정숲행 기차도 놓친 다음이었다.

"우린 꼬리 없는 마을로 가려고 여기까지 온 거야."

나는 '여기까지'를 강조하며 말했다.

"그러려면 여기부터 시작인데, 괜찮겠어? 숲은 만만한 곳이 아니야."

들메는 '여기부터'에 강조점을 두었다.

"꼬리 없는 마을이 진짜 있나 보네! 그런 거지?"

꿈과 희망으로 가득한 유토피아 놀이공원의 개장 소식이라도 들은 듯, 테오가 목소리를 높였다. 그리움과 고뇌로 가득한 애늙은이처럼 굴 때는 언제고, 지금은 또 철부지 어린애처럼 들뜬 상태였다.

"난 안내자 들메잖아. 없는 마을을 안내할 수는 없지. 하지만 멀고 험해. 며칠은 걸어야 돼."

"달빛과 별빛이 있잖아. 캠프 많이 다녀 봐서 알아. 먹을 것도 잔뜩 챙겨 왔고."

캠핑 퀸 석류가 트렁크를 가리키며 말했다. 얘는 먹을거리를 옮겨 담아서 가지고 다닐 배낭까지 챙겨 왔다.

"캠프? 거기 곰도 있었어? 뱀은? 멧돼지는? 이 숲은 캠핑장이 아니야."

"야영도 하고 모험도 하는 거야? 곰이랑 싸워서 꿀도 뺏어 먹고?"

들메는 겁을 주려는데 테오는 점점 더 들뜨기만 했다. 내 감정까지 침범해 오던 슬픔을 잠시나마 잊고 즐거워하는 모습이 뭐, 보기 싫지는 않았다. 울상보다는 웃는 얼굴이 낫지.

"추운 지방이라 꿀벌은 없어. 그래도 수정숲 부근보다는 덜 추워. 거기는 나무마다 수정 같은 눈꽃이 맺혀 있었거든."

"너희 마을 사람들, 계속 여기저기 옮겨 다니면서 지내는 거야?"

내가 묻자, 들메가 나를 보았다. 내 꼬리에 시선이 스치는 순간, 마치 내가 병실에 누운 진미아가 된 듯한 기분이 들었다. 나도 진미아를 저런 눈으로 보았겠지. 저렇게 건조하게 불타오르는 눈빛으로. 들메 역시 시네카우다 증후군이 아닐까.

"우린 안전한 곳을 찾아서 돌아다녀. 한곳에 정착하고 싶어도 질서수호단이 그렇게 놔두질 않아. 그놈들은 우리를 세상 밖으로 몰아내고 싶어하거든. 그래서 보안이 중요해. 마을 위치는 마을 사람들만 알고, 난 믿을 만한 사람들만 마을로 안내하지."

"우리는 믿을 만해? 합격이야, 불합격이야?"

"아직 결정 안 했어. 마을에는 왜 가려는 건데?"

"루나를 만나고 싶어서. 루나란 사람, 마을에 있어?"

나는 루나와 진미아와 내 관계를 간단히 밝혔다. 석류는 동생 귤이 애기를, 테오는 누나 진미아 얘기를 하며 자신이 왜 꼬리 없는 마을에 가고 싶어 하는지 설명했다.

들메는 사과 바구니에서 썩은 사과를 골라내듯 우리를 한 명씩 살펴보며 신중히 고민했다. 어쩌면 썩은 사과는 들메일지도 모른다는 의심에 초조해진 나는 이렇게 물어봤다.

"루나가 너희 마을에 있는 건 맞아?"

"대답하기 전에, 네 얘기가 진실인지부터 알아봐야겠어."

들메가 외투 주머니에서 낡은 에핑고를 꺼내서 내밀었다. 경고등처럼 깜빡이는 미문 인증창이 떠 있다.

"오래전 운영 체제를 쓰는 고물이라 오히려 위치 추적에 안 잡혀. 이런 운영 체제에서만 작동하는 단순하고 튼튼한 보안 패치를 제작해서 깔아 놨거든."

깜빡일 때마다 잔상이 남는 인증창을 바라보며 고민하다가, 나는 꼬리 끝을 먼지와 흠집으로 얼룩덜룩한 화면에 가져다 댔다. 지잉 진동하더니 '인증 완료'라는 말이 뜨고는 어이없게도, 마므 창이 열렸다. 거창한 비밀의 문이라도 열릴 줄 알았더니 고작 마므 게시판이라고?

"달무리가 오래전에 가입해 둔 게시판이야."

달무리라면, 과학 시간에 배운 기억이 났다. 달 언저리에 구름처럼 생기는 허연 테를 뜻하는 말이었다.

"네가 찾는 루나가 우리 마을에서는 달무리야. 날씨에 관련된 일을 하는 사람이지. 숲이나 산에서 살면 날씨 영향을 많이 받거든. 항상 날씨 정보를 확인하고 하늘과 바람을 관찰해야 돼. 어쨌거나 미문 인증이 되는 걸 보니까 네 꼬리가 달무리 거였던 건 확실하네."

"루나가, 그러니까 달무리가, 날 시험해 보라고 시킨 거야?"

"그건 아니고, 내가 알고 싶었어. 돌다리를 두드려 봐야 다리 건너편으로 안내하지."

맑던 하늘에 먹구름이 몰려들고, 내 꼬리에 들메의 시선이 스쳐 간다. 기분 탓일까? 나한테 뭔가 숨기는 느낌이었다. 비가 내리기 시작한다.

"달무리가 그랬어. 예전에 작별한 꼬리가 다가오는 게 느껴진다고, 자기를 찾아서 오고 있다고……."

"그런데 그 느낌이 맞았다는 거지?"

"세상에는 논리로 설명하기 어려운 일도 일어나니까."

나만 해도 제멋대로에 천방지축인 이 꼬리를 논리적으로 설명하기는 어렵다. 나는 꼬리를 내려다보았다. 꼬리에 맺힌 빗방울이 흙 위로 뚝, 떨어졌다.

습격

우리는 꼬리 없는 마을로 출발했다.

들메가 앞서고 테오가 그 옆에 따라붙었다. 나와 석류는 서로 거리를 늘렸다 좁혔다 하며 앞서거니 뒤서거니, 숲길을 걸어갔다.

"가방 바꿔 멜래? 무겁지 않아?"

예의상 물어보는 말이다. 트렁크를 숲속 덤불에 숨겨 두고 왔지만 배낭도 꽤 무거워 보였다.

"이 정도는 끄떡없어. 매일 15킬로미터씩 걷는 행군 캠프도 가 봤는걸. 그 옷이 제일 무거운 짐이었는데 네가 입고 있으니까 괜찮아."

석류가 빌려준 외투는 무겁지 않았다. 가볍고 따뜻했다. 강추위가 닥치면 입으려고 챙겨 온 옷을 나에게 양보한 것이다. 내가 자기 동생을 위해 서명지를 훔치다가 정학당한 줄 안다는 이유도 있겠지만 그 전에 그저 나를 친한 친구로 여기기 때문이다. 석류는 항상 사람들에게 다정하고 친절한 애였다. 나는 진미아와 같은 방을 쓰던 석류를, 늦은 밤 흐느껴 우는 소리에 깨어 눈만 말똥거렸을 석류를 상상했다.

문득 진미아가 우리와 발맞추어 걷고 있는 느낌이 들었다. 몇 년 전에 중앙 환승역까지 왔다가 돌아가지 않았다면, 그 애도 어느 안내자를 따라 숲길이나 산길을 이렇게 걸어갔을 것이다. 나는 마음속으로 진미아, 하고 불러 본다. 가끔은 죽은 네가 나보다 편할 것 같다는 생각도 들어. 하지만 난, 어떻게든 살아가야 해. 이렇게 계속 앞을 보며 걸어가야 하지.

가까운 곳에서 툭, 투둑, 마른 나뭇가지가 부러졌다. 들메가 멈춰 서더니 경계하며 주변을 살폈다. 오른손을 허리춤에 찬 단도에 올린 채로.

"2시 방향에 멧돼지야."

들메가 작은 목소리로 말했다.

정말이었다. 커다란 강아지만 한 새끼 멧돼지가 나무 둥치 옆에 서서 우리를 봤다. 겁이 나면서도 호기심을 감추지 못하겠는지 코를 킁킁거리며 머리를 갸우뚱한다. 테오가 녀석에게 팔을 뻗어 머리를 툭 건드리듯이 쓰다듬었다. 말릴 새도 없이 순식간이었다. 예기치 못한 손길에 화들짝 놀란 멧돼지가 꽥 비명을 지르더니 달아났다.

"무슨 짓이야, 테오! 근처에 어미 멧돼지가……."

들메는 말을 마치지 못했다. 투두두둑, 투두두둑, 툭두둑투, 나뭇가지를 미친 듯 짓밟아 부러뜨리며 거대한 생명체가 달려왔다. 어미 멧돼지였다.

우리는 뒤돌아서 달아났다.

나는 들메 쪽으로 붙어서 달렸다. 숲의 지리와 멧돼지 습성을 잘 아는 들메에게 붙으면 살아남을 가능성이 조금이라도 높아질 것 같았다. 꼬리가 생긴 지 얼마나 됐다고 숲에서 멧돼지 밥으로 생을 마감할 수는 없었다.

발뒤꿈치까지 따라붙은 멧돼지를 피해 도망가던 석류와 테오가 갑자기, 시야에서 사라진다.

"구덩이야!"

들메가 뛰어가며 외쳤다.

"우리 마을 사람들이 파 놓은 함정에 빠졌다고!"

그러더니 땅에서 나뭇가지를 주워 들고는, 구덩이 앞을 맴도는 멧돼지 쪽으로 던져서 주의를 끌었다.

"야! 너 미쳤어? 뭐 하는 거야!"

나는 안간힘을 다해 소리쳤다. 멀리 있는 멧돼지의 주의는 왜 끄는데!

"저러다가 멧돼지가 구덩이에 빠지기라도 하면 네 친구들은 큰일 나. 저긴 밖에서 꺼내 주지 않으면 못 빠져나오는 곳이라고!"

어미 멧돼지가 들메 소원대로 표적을 바꾸더니 우리를 향해 달려왔다. 들메를 따라 뛴 것이 후회스러웠다. 멧돼지를 피해 도망치던 들메가 어딘가로 몸을 날린다. 기다랗게 뻗은 굵다란 나무뿌리 사이로 입을 벌린 좁은 틈이었다. 나도 똑같이 했다. 틈 안쪽은 동굴이었다. 멧돼지의 거대한 얼굴이 동굴 입구를 마개처럼 틀어막았다. 녀석 콧김에서 이상한 냄새가 난다. 동굴 안쪽은 절벽처럼 깊다고 해서 더 무서웠다.

"너희 마을, 수정숲에서 여기로 옮겨 온 거야? 기사에 나오는 소탕 작전 어쩌고 하는 거, 꼬리 없는 마을 얘기가 맞는 거지?"

동굴 입구에 버티고 서서 앞발로 땅을 파 대는 멧돼지를 무시하려 애쓰며 들메에게 말을 걸었다.

"그래, 맞아. 질서수호단은 마을을 쓸어서 없애 버리고 싶어 해. 꼬리 없는 사람들뿐만 아니라, 우리를 도와주는 사람까지 전부 다."

"정부에서는 손 놓고 보고만 있는 거야? 왜 테러 단체가 활개 치고 다니게 놔두는지 모르겠어."

"모르겠다고? 알고 싶지 않은 게 아니고? 어쩌면 넌 이미 답을 알고 있을 텐데."

그러더니 들메는 어둠 속에서 내 꼬리를 봤다. 어둠에 눈이 익은 나는 그 눈빛이 얼마나 고통에 차 있는지 알아차렸다. 들메 허리춤에서 단도가 번뜩인다. 어디까지나 비상사태를 대비한 비상용품이겠지만, 동굴에는 우리 둘뿐이다. 들메가 칼을 뽑아서 내 꼬리를 베어 내는 모습이 눈앞을 스치고 지나갔다. 그 뒤엔 나를 지하 동굴로 밀어서 떨어뜨리면 완벽하겠지. 마을 사람들에게는 우리 일행이 멧돼지에게 쫓기다가 변을 당했다고 둘러대면 그만이다. 나는 또다시, 진미아가 된 듯한 느낌에 빠진다. 내 눈빛에서 고통스러운 열망을 엿보았을 진미아. 왜 마지막 순간에 루나 얘기를 해 주었을까. 마음속 동굴에 숨겨 둔 비밀을 왜 하필이면 나에게 발설했을까.

"내가 답을 아는지 모르는지 네가 어떻게 알아? 나에 대해 아무것도 모르면서."

"난 네 꼬리를 알거든. 넌 루나의 꼬리를 받았고, 난 받지 못했지."

10분쯤 뒤, 들메는 동굴 밖으로 상반신을 내밀어 주변을 살피더니 바깥으로 나갔다. 제풀에 지친 멧돼지가 떠난 다음이었다.

"이제 나와. 네 친구들을 꺼내 주려면 구급함에 가서 밧줄을 챙겨 와야 돼."

나도 동굴 밖으로 기어나갔다. 숲이 어둑어둑해져서 사물이 잘 분간되지 않았다. 별과 달이 뜨기 전, 숲이 가장 어두울 때였다. 들메가 작고 납작한 랜턴을 외투 깃에 달자, 숲길에 희미한 빛줄기가 깔린다. 우리는 구급함을 향해 걸어갔다. 얘기를 들어 보니 이런 비상사태를 대비해 숲 곳곳에 밧줄, 물, 손전등, 배터리, 먹을거리, 보온 기능이 있는 은박 담요 등등 비상용품을 갖추어 두었다고 했다.

들메는 조그만 소리만 나도 그쪽을 살폈다. 산짐승, 뱀, 질서수호단에서 붙였을지도 모르는 미행…… 위험 요소는 많았다. 질서수호단의 미행은 약삭빠르고 교묘하기로 악명 높다고 했다.

"루나 꼬리를 받지 못했다는 게 무슨 뜻이야? 둘러대지 말고 진실을 말해 줘."

그러자 한참 뒤에야 들메가 말을 시작했다.

"난 어렸을 때부터 시네라고 괴롭힘당하고 놀림받는 게 일이었어. 내가 너무 힘들어하니까 가족 모두 꼬리 없는 마을에 가서 살기로 한 거야. 나 빼고는 다 꼬리가 있는데도 말이야. 마을에 들어오기 전, 나한테도 딱 한 번 기회가 있었어. 신체이식관리청에서 적합한 꼬리를 찾았다는 연락이 왔었거든. 조직 적합도가 나보다 미세하게 높은 대기자가 있어서 난 2순위였지. 초정밀 검사를 해 보고, 그래도 둘의 적합도 차이가 너무 적으면 기증자 부모가 결정할 거라고 했어."

까마귀 두 마리가 까악, 울면서 하늘로 날아올랐다. 나는 심장이 떨어질 듯 놀라 낮은 비명을 삼켰다.

"초정밀 검사에서는 적합도 차이가 오히려 더 줄어서 1순위 대기자가 나보다 겨우 0.16퍼센트 앞선다고 했어. 동점이나 마찬가지였지. 그래서 기증자 부모를 만나서 면접까지 봤는데, 꼬리가 냉장 보관 되어 있어서 이틀 안에 결정해야 한다고 하더라. 꼬리만 따로 떨어져 있다는 게 이상해서 기증자는 어디 있느냐고 물었더니, 대답이라고는 '걔는 갔어'라는 한마디뿐이었어. 난 그게 죽었다는 뜻인 줄 알았지. 결론을 말하자면 1순위 대기자가 꼬리를 받았고, 난 탈락했어."

"그 대기자…… 혹시 진미아였어?"

들메는 아무 말도 하지 않았지만, 침묵이야말로 확실한 대답이었다.

나는 걷다가 멈추고, 몇 걸음 걷다가 다시 멈추어서 마음을 다잡고는 발걸음을 내디뎠다. 이제부터는 나와 무관하지 않은 이야기였다. 사실은 처음부터 나와 관련된 이야기였다. 달무리 루나의 꼬리가 진미아를 거쳐 내게로 왔으니까. '걔는 갔어'는 루나가 집을 떠났다는 뜻이었겠지. 루나 친구 말에 따르자면 루나는 그 무렵부터 집을 떠나 방랑 생활을 시작했다. 꼬리 없는 마을에 정착하기 전까지, 아니, 정착하고 나서도 방랑은 이어졌다. 꼬리 없는 마을은 어디 한군데에 뿌리내릴 수 없는 형편이니까.

"마을에 와서 달무리가 꼬리를 떼어 낸 사연을 듣고서야 내가 그분 꼬리를 받을 뻔했다는 걸 알았어. 에핑고에 저장된 옛날 사진을 우연히 봤거든. 혼자 속으로만 짐작한 거라 나만 아는 얘기야."

"에핑고에서 발견하기 전에도 이 꼬리를 본 적이 있었던 거야?"

"응. 면접 때 기증자 부모님이 꼬리만 나오게 찍은 사진을 보여 줬었어. 나를 선택하지 않은 걸 두고 오랫동안 원망했어. 차라리 꼬리 사진을 보지 않았더라면, 어떤 꼬리인지 몰랐다면 덜 괴로웠을 텐데……."

나 역시 진미아의 꼬리를 보고도 이식을 받지 못했다면, 평생토록 그 꼬리를 잊지 못하고 괴로워했을 것이다.

"달무리가 날 알아? 자기 꼬리가 진미아 다음에 나한테 왔다는 걸?"

"그건 아니고, 꼬리가 자기를 찾아서 점점 가까이 오고 있는 게 느껴진다고만 했어. 괴기 영화 같은 얘기지만 진짜라면서 말이야."

이 꼬리의 존재감이라면 있을 법한 일이었다. 들메 말대로, 세상에는 논리만으론 설명 안 되는 일이 많으니까. 나만 해도 이 꼬리를 내 뜻대로 다루지 못해서 그 해결법을 찾아 여기까지 왔으니 말 다 했지.

"진미아가 기증자가 됐을 때, 그때도 네가 2순위였어?"

나는 들메에게 물었다.

"마을로 들어오기 전에 대기자 명단에서 이름을 내렸으니 아예 심사 대상이 아니었어. 그러면 미련이 없어질 줄 알았거든."

"달무리는 왜 꼬리를 잘라 낸 거야?"

"그건 나중에 직접 들어. 들을 기회가 있다면."

이야기하면서 걷다 보니 목적지에 도착했다. 울퉁불퉁한 바위 밑을 파고 묻어 놓은 구급함이 있었다. 들메는 상자 뚜껑을 열어서 구조용 밧줄을 꺼냈다. 나는 그런 들메를 말없이 지켜보았다. 마음속 동굴에 초대받아서 그곳에 쟁여 둔 비밀을 둘러보고 나왔는데도, 들메가 여전히 뭔가 숨기고 있다는 느낌을 지우기 어려웠다.

어미를 잃은 새끼 멧돼지처럼 훌쩍이고 있던 석류와 테오는 우리가 나타나 말 그대로 구원의 밧줄을 드리우자, 감격한 나머지 흐느껴 울었다. 석류뿐만 아니라 테오까지도 눈물 콧물로 범벅이 되어 고맙다며 훌쩍거렸다. 나는 너를 그다지 구해 줄 마음이 없었다고 밝힐 필요는 없겠지.

들메는 우리를 안전한 곳으로 데려가더니 모닥불을 피웠다. 어둠을 밀어내며 너울거리는 불길이 밝고 따뜻했다.

"눈 좀 붙였다가 날이 밝으면 출발하자. 내일 아침부터 부지런히 걸어도 마을까지 이틀은 걸려."

들메가 모닥불에 검불을 더 넣으며 말했다.

"우리가 가는 건 마을에서도 알지?"

석류가 물었지만 들메는 불길을 돋우느라 듣지 못한 듯했다. 나는 차갑고 축축한 땅에 담요를 깔고 누웠다. 별빛이 총총하고 조각달은 애처로운 밤하늘이 까만 이불처럼 덮여 왔다. 테오는 나무뿌리를 베고 누워 잠들었다. 모닥불 타오르는 소리에 들메와 석류의 말소리가 섞여 들었다.

"내 동생 귤이도 같이 왔으면 좋았을 텐데. 비밀 지켜야 해서 못 데려왔어."

석류가 말했다.

"동생한테 꼬리가 없어도 어떻게든 살아간다는 걸 보여 주고 싶은 거야?"

들메가 물었다.

"'어떻게든'이 아니라 '얼마든지'라면 더 좋지."

"그게 가능한 세상이라면 우리 마을 같은 공동체가 따로 있을 필요도 없을걸."

"꼬리 없는 마을이 천국이나 유토피아가 아니란 건 나도 알아."

"너희 세상이 지옥이 아니란 걸 내가 아는 것처럼?"

들메 말에 대답하지 못하던 석류가 잠시 뒤에 물었다.

"들메 너도 동생이 있다고 그랬지? 어때, 마을에서 잘 지내?"

"평소에는 그럭저럭 지내다가도 한 번씩 힘들어해. 질서수호단 때문에 항상 긴장하고 있어야 되니까. 돌아가면서 스물네 시간 망도 봐야 하고, 하루에 한 번씩 에핑고 보안 점검도 해야 하고. 우리 마을에서는 보안 패치가 적용된 에핑고를 쓰거든. 아무튼 내가 아니라면 동생이 겪지 않아도 됐을 일이야. 걔는 꼬리가 있는데도 나 때문에 마을에 들어온 거라서."

"귤이도 그래. 뭐든 긍정적으로 생각하는 편인데도 가끔 우울해해. 밖에 나가는 걸 좋아하는데 너도 알지, 꼬리 없는 사람이 길에 나타나면 사람들이 어떻게 보는지."

"당연히 알지. 그게 싫어서 마을에 들어왔는데. 그래도 숲에서는 좀 자유로워. 숲 입구까지가 한계지만."

어느결에 나는 잠들었다. 기억해 내지 못할 꿈을 꾸다가 눈을 뜨자, 지금 여기가 어디인가 싶었다. 아, 숲속이구나. 밤이 깊어 새벽으로 향하는 숲속. 묘한 불안감에 심장이 두근거렸다.

내가 깨어난 걸 알면서도 들메는 내 쪽을 보지 않고, 말을 걸지도 않았다. 모닥불 불빛에 단도가 빛난다. 나는 칼을 빼내어 내 꼬리를 단칼에 베는 들메를 다시 한번 상상하고는 섬찟함에 몸을 떨었다.

꼬리 없는 마을

숲에서 먹고 걷고 자고 또 걷고, 가끔씩 다리쉼을 하며 숨을 고르다가 다시 걷고, 옹달샘에서 목을 축이며 초코바와 견과류를 먹고, 이렇게 사흘이 지났다.

오후 늦게, 막다른 길이 나타났다. 우리 넷이 양팔을 벌려 손과 손을 맞잡고 둘러선다 해도 둥치를 다 껴안지 못할 만큼 우람한 나무가 쓰러져 있었다. 그런데 들메가 바닥에 엎드리더니 나무 둥치를 뚫고…… 사라졌다!

"어? 뭐지?"

석류가 얼빠진 목소리로 중얼거렸다. 영문을 모르기는 나도 마찬가지였다.

"형! 들메 형!"

테오는 주인 잃은 강아지처럼 외치더니 바닥에 엎드려서 기어가다가, 역시 사라졌다. 뭐야, 마법의 문이라도 있는 건가? 석류와 나는 쓰러진 나무 둥치로 다가가서 무릎을 꿇고 앉아 두 손으로 바닥을 짚고는 주변을 살펴봤다. 그제야 답이 나왔다. 둥치와 땅바닥 사이에 사람 하나가 납작 엎드린 채로 겨우 지나갈 만한 틈이 있었다. 이를테면 자연물을 활용한 비밀의 문이었다.

땅바닥에 배를 깔고 엎드려서 틈을 통과하자, 나무둥치 건너편으로 다른 세상이 펼쳐졌다.

"꼬리 없는 마을에 온 걸 환영해."

들메가 손을 뻗어 우리를 한 사람씩 일으켜 주며 말했다.

졸졸 흐르는 시냇물 저편은 울창한 숲이고 이편은 나무가 듬성듬성한 풀밭인데, 텐트와 판잣집이 불규칙한 모양으로 늘어서 있다. 텐트와 집 가운데에 통나무집도 한 채 보이고.

"겉보기는 저래도 안에 있을 건 다 있어. 가운데 건물은 학교야."

내 시선이 닿는 곳을 알아차린 들메가 알려 줬다.

"우리가 도착했다는 거, 마을 사람들한테 알려야 하는 거 아냐?"

나는 손바닥을 맞부딪혀 흙을 털며 말했다.

"그래야지……."

들메 얼굴이 일순 어두워지더니 말끝을 떨었다. 잠시 머뭇거리더니 우리에게 따라오라며 손짓하고는 걸어가다가, 몇 걸음 만에 멈춰 선다.

"왜 이렇게 조용하지?"

뭔가 이상한지, 혼잣말하는 들메.

아닌 게 아니라 사방이 쥐 죽은 듯 조용했다. 처음에는 긴장한 나머지 신경 쓰지 못했는데, 정신을 차리고 살펴보니 꼭 마을에 우리 말고는 아무도 없는 것처럼 적막했다.

"우리 놀라게 하려고 다 어디 숨은 거 아닐까?"

테오가 불안한지 말도 안 되는 소리로 분위기를 띄우려 했지만 그럴수록 석류와 나는 초조해질 뿐이었다.

들메는 단도를 뽑아 들더니 사방을 경계하며 발걸음을 옮겼다. 우리도 새끼 오리처럼 줄지어서 들메를 따라갔다. 문을 열고 확인하는 텐트와 집마다 비었다. 가구와 소지품, 먹던 음식과 읽던 책까지 그대로인데 사람이 없다. 텅 비었다.

"저것 좀 봐!"

학교 앞에 다다랐을 때, 석류가 건물 벽을 가리키며 말했다. 벽에 날카로운 단도가 그려진 그림이 비뚜름하게 붙어 있었다. 묘한 느낌을 주는 그림이었다. 들메가 멈칫하더니 뒷걸음질 쳤다. 뒤로 물러나다가 테오와 부딪히자 테오 손을 붙잡아 당기면서 외친다.

"질서수호단이 왔다는 경고야! 도망쳐야 돼!"

말이 끝나기도 전에 테오 손을 잡고 달리기 시작한다.

우리보다 질서수호단이 먼저 다녀갔다고? 마을 사람들은 다 도망쳤고? 멍하니 서서 단도 그림을 바라보는데, 석류가 내 팔을 낚아채듯 잡아당겨 끌었다. 몇 미터 끌려가다가 정신을 차리고 내 힘으로 뛰며 속도를 높였다.

"왜 아무도 너한테 경고를 안 한 거야? 마을에 오지 말라고 알려 줬어야지!"

나는 들메 뒤통수에 대고 소리쳐 따졌다.

"에핑고가 꺼져 있어서 못 받은 거야! 그림 붙여 놨잖아!"

고물 에핑고가 방전되는 바람에 경고 메시지를 못 받았다는 얘기였다. 어쩐지 마을 근처에서는 에핑고가 터진다고 했으면서도 사람들에게 메시지를 보내거나 전화를 걸지 않더라니. 그 덕분에 나는 아무런 대비책도 없이 이 위험천만한 곳에 엉금엉금 기어 들어온 셈이었다.

"그럼 우리 쪽으로 한 명쯤 와서 알려 주든가!"

"그랬다간 다 같이 위험해져! 일단 대피소로 가자. 다들 거기 있을 거야."

마을과 숲의 경계로 뛰어들려는 찰나, 하늘에서 독수리처럼 날개를 펼친 쇠 그물이 떨어져서 들메와 테오를 덮쳤다.

"테오야! 들메야!"

내 옆에 있던 석류가 그물로 달려갔다. 나도 그쪽으로 한 걸음 내디뎠다가, 급정거하듯 멈춰 섰다. 그물 안에서 발버둥 치는 테오와 눈이 마주친다. 도와 달라고 호소하는, 겁먹은 눈. 죽음을 앞두고 경련을 일으키던 진미아가 생각났다. 나는 뒤돌아서서 도망쳤다. 정체를 모르기에 멧돼지보다 더 무서운 그물에서, 나를 집어삼킬 위험에서.

착, 그물 떨어지는 소리가 나더니 석류의 비명이 이어졌다. 그리고 잠깐 사이, 나도 그물에 갇히고 말았다. 산 채로 잡힌 멧돼지 신세라도 된 기분이었다. 들메가 단도로 그물을 끊으려 했지만 한눈에 보기에도 소용없는 짓이었다. 쇠로 만든 그물이 단도에 잘릴 리가.

어떤 남자가 서두르지도 않고 느긋하게 걸어온다. 우리를 그물로 잡은 인간 사냥꾼이었다. 처음에는 우리 옆집 아저씨인 줄 알았다. 꽃밭에 로벨리아와 백합을 심어 가꾸는 아줌마의 남편, 무슨 회사의 중역이라는 아저씨 말이다. 그만큼 사냥꾼은 평범한 데다가 멀끔하기까지 했다. 불그스름한 기운이 도는 얼굴은 잔털 한 오라기 없이 면도했고 눈썹과 귀밑머리는 단면이 하얗게 반짝이도록 손질했다. 넥타이까지 맨 줄무늬 셔츠에 따뜻한 색감의 조끼를 입고 트위드 재킷 위로는 반들대는 가죽 외투까지. 외투 팔뚝에 두른 완장에는 '질서'라는 붉은 글씨가 선명하다. 사냥꾼이 움직일 때마다 꽃을 한 냄비 가득 졸인 듯 진한 향수 냄새가 풍겼다. 잘 손질하고 공들여 꾸몄으나 태생부터 평범하기 그지없는 꼬리가 으스대며 허공을 채찍질한다.

그자는 발길질 한 번으로 단도를 날렸다. 들메가 그물에 걸린 칼을 집어서 상대의 발목을 찔렀다. 아킬레스건을 겨냥한 과감하고 신속한 공격이었으나, 단칼에 실패. 두꺼운 장화 가죽에 칼날이 막히고 말았다. 석류가 윽, 신음을 뱉었다.

"하! 요 녀석 봐라?"

우리를 쇠그물로 잡은 인간 사냥꾼이 이죽거리더니 들메에게 발길질을 해 댔다. 테오가 울부짖으며 사냥꾼에게 두 팔을 뻗었지만, 들메는 테오를 붙잡으며 필사적으로 막았다.

"경찰에 신고할 거야! 그만해요! 그만하라고!"

석류가 주먹으로 땅바닥을 내려치며 절규했다.

효과가 있었는지, 사냥꾼이 발길질을 멈추더니 테오와 석류, 나를 번갈아 가며 살펴본다.

"시네가 경찰 얘기를 하다니 웬일인가 싶었는데 너희는 꼬리가 있구나? 그럼 그렇지. 시네가 제일 두려워하는 게 질서라는 체계에 속하는 일이거든. 세상 속에서 죽은 목숨으로 사느니 우리 질서수호단에 평생 쫓기면서 숨어 사는 쪽을 택하는 놈들이야. 이것 참, 불량품 하나에 정상 셋이라니 오늘은 독특한 구성인걸! 게다가 넌 보기 드문 특상품인데?"

사냥꾼이 구두약을 발라 광이 나도록 닦은 장화로 내 꼬리를 건드리며 말했다. 내가 사냥개였다면 놈의 장화라도 물어뜯었을 것이다. 꼬리가 제 나름대로 날뛰며 특상품의 위력을 과시하려 했지만, 무거운 쇠그물이 몸을 누르고 있어서 팔딱거리는 몸부림에 그쳤다.

"한 놈 잡았으니까 와서 끌고 가. 정상인도 셋이나 있으니까 혼자 오지 말고!"

사냥꾼이 에핑고로 누군가에게 전화를 걸어 말했다.

6부

어딘가에 있고
아무 데도 없는

사냥꾼과 졸개들

졸개 세 명이 와서 우리를 끌고 학교 건물로 가더니, 의자에 앉히고 손발을 묶는다. 서로 거리를 떨어뜨리느라 반원 모양으로 의자를 배열해서 내 맞은편으로 들메가 보였다. 들메는 몇 분 사이에 얼굴이 부어올라 못 알아볼 지경이 되었다. 석류가 울음을 터뜨리고, 테오도 따라 울었다. 나는 울지 않았다. 줄에 묶여 옴짝달싹 못 하는 상황에 분노가 치밀어 올라서 그 열기에 눈물 따위는 말라 버렸다. 이런 굴욕을 안겨 준 저자들에게 꼭 되갚아 주리라 다짐했다. 반드시 그렇게 할 거야. 힘을 가질 거야. 너희보다 강해질 거야. 두고 봐. 머지않아 후회하게 해 줄 테니까…… 하고.

교실 한가운데에 놓인 난로 너머로 대장 사냥꾼이 보인다. 책상을 끌고 와서 앉더니 에핑고를 펼친다. 졸개 한 명이 난로 옆에 쌓인 장작을 손도끼로 패어 난로에 넣자, 불길이 몸집을 불리며 타올랐다. 장작 위로 던진 손도끼가 바닥으로 떨어지며 불길한 소리를 냈다. 이제 나는 어떻게 되는 것일까.

"오래들 기다리셨습니다. 자, 조사를 시작해 볼까요?"

책상 앞에 앉아 꼬리를 휘저으며 웃는 사냥꾼. 고른 이가 차갑고 하얀 도자기처럼 빛났다.

"조사? 웃기시네. 날 괴롭혀 봤자 아무것도 못 알아낼 거야."

들메가 퉁퉁 부어오른 입을 둔하게 움직여 말했다. 발음은 부정확해도 감정은 정확했다. 분노와 증오. 나와 똑같다.

"넌 순서가 돌아올 때까지 입 다물고 가만있어라, 불량품 꼬마. 네가 불든 안 불든, 시네들은 곧 붙잡힐 테니까."

대장 사냥꾼이 고갯짓하자, 졸개들이 우리에게 들러붙어 몸수색을 했다.

"실례할게, 특상품 꼬맹이."

내 외투 주머니에 손을 넣으며 이죽거리는 놈의 **뺨**을 내 꼬리가 후려쳤다. 기습 공격을 당한 졸개는 주머니에서 꺼낸 물건을 떨어뜨렸다. 에핑고였다. 내 에핑고.

"뭐야? 어떻게 된 거야?"

테오가 에핑고를 보며 물었다. 테오와 석류의 에핑고가 담긴 바구니를 땅에 묻은 사람이 나였으니까.

"모르는 곳으로 가는데 무슨 일이 생길지 모르니까, 안전장치가 있어야 할 거 같아서 가져온 거야……."

그때 석류는 트렁크 짐을 배낭으로 옮기고 테오는 주변을 구경하느라 정신이 팔린 새를 틈타서, 나는 내 에핑고만 바구니에서 몰래 꺼내 챙겼다. 들메를 등진 위치였고 드론도 작동을 멈춘 상태라 들키지 않았다.

졸개는 에핑고를 내 꼬리 끝에 가져다 대서 미문 인증으로 화면을 열었다. 꼬리가 졸개의 손을 후려쳐서 손등에 벌건 자국을 남기고 에핑고도 저 끝까지 날아갔지만, 쓸데없이 튼튼한 보급형 에핑고는 망가지지도 않고 사냥꾼 손으로 넘어갔다. 사냥꾼이 내 에핑고를 자기 에핑고에 연결한다.

"우리가 이 소굴을 어떻게 발견했을까, 궁금하지? 네 덕분이었다, 특상품 꼬리. 네가 중앙 환승역에 도착했을 때부터 우리 관심을 끌었지. 뭐든 훌륭한 것은 눈에 띄게 마련이거든. 그런데 그 멋진 꼬리가 으슥한 숲속으로 들어간다? 이건 뭔가 이상하지. 미행을 붙여서 탐구해 볼 가치가 있어. 소문 들었겠지만 우리 쪽에는 날래고 영리한 미행꾼이 많거든. 요원이 보낸 정보를 참고해서 너희가 가는 길을 앞질러 갔더니 아니나 다를까, 이 소굴이 나오더군. 쓰러진 나무 밑에 있는 문은 내 인정하지, 감쪽같은 위장이었어."

내가 보온 장신구도 없이 드러내 놓고 다닌 꼬리가 질서수호단의 감시망에 걸렸다고? 나뭇잎 바스락거리는 소리에도 촉각을 곤두세우던 들메도 알아차리지 못할 만큼 노련한 미행꾼이 우리를 따라붙었다고? 숲길을 걸으며 옹달샘에서 목을 축이고 멧돼지에게 쫓기다가 모닥불 앞에서 두런두런 이야기를 나누는 동안에도 줄곧? 내가 꼬리 없는 마을을 찾아오지 않았다면 일어나지 않았을 일이었다. 몸 안에서 황량한 모래바람이 휘몰아친다.

열린 출입문 바깥에서 흔들리는 나뭇가지가 널빤지를 깐 바닥에 그림자를 드리웠다. 띠리링, 두 에핑고가 동기화되었다는 알림음이 울렸다.

"얘기를 듣자 하니 너희 셋은 저 시네 녀석에게 억지로 끌려온 모양이지?

믿는 사람을 따라가면서 안전장치를 챙길 이유가 없잖아? 단도로 위협하는데 순진하고 선량한 정상 시민은 당할 재간이 없었겠지. 산전수전에 단련된 나도 상처를 입었으니 우리 꼬맹이들이 얼마나 무서웠겠냔 말이야."

상처를 입다니 무슨 소리인가 싶었는데, 사냥꾼 손짓에 졸개가 들메의 단도를 가져왔다. 사냥꾼은 외투를 벗더니 빳빳하게 다린 셔츠 소매를 걷고는 근육이 꿈틀거리는 팔을 단도로 그었다. 피부가 벌어지더니 피가 흘러나왔다. 급조한 상처를 에핑고로 찍어 증거로 남기고는 외투 안주머니에서 다림질한 손수건을 꺼내 피를 닦는다. 졸개가 약과 붕대를 가져와 상처를 소독하고 싸매 주었다.

"저 시네 녀석은 정상 시민을 자기들 소굴로 유인하거나 납치해서 돈을 뜯어내는 악질이지. 가족에게 연락해서 돈을 내놓으라고 하는 거야. 안 그러면 네 소중한 딸, 아들, 부모, 형제의 꼬리를 자르겠다고 협박하지. 자기들과 똑같은 모습으로 만들어 버리겠다고 말이야. 그 얼마나 잔인하고 흉악한 범죄야? 난 생각만으로도 너무 무서워서 소름이 끼친다. 말해 보렴, 애들아. 너희 가족한테는 얼마를 요구할 거라 그러든?"

"그런 거 아니에요! 마을까지 안내해 달라고 우리가 부탁한 거라고요. 다 설명할 테니까 이거 좀 풀어 줘요!"

석류가 줄을 풀려고 버둥거리며 외쳤다. 사냥꾼은 팔짱을 낀 채 꼬리를 까딱거리며 휘파람을 불었다.

"멀쩡히 꼬리 달린 애들이 이런 후진 마을에 뭐 볼 일이 있다고 찾아와? 말도 안 되는 소리지. 말이 돼서도 안 되고. 시네들은 우리랑 달라요,

꼬맹이 아가씨. 이 세상에 존재할 자격이 없어. 정상과 비정상이 섞이는 건 질서를 교란하는 행위야."

"꼬리 없는 마을이 어떤 곳인지 궁금했어요. 누나 말대로 마을을 구경시켜 달라고 우리가 조른 거예요. 형은 잘못 없어요. 아무 잘못 없다고요."

하나로 묶인 두 발을 마룻바닥에 구르며 테오가 엉엉 울기 시작했다. 졸개가 교실 창문에 달린 커튼을 쪽 찢더니 테오 입에 재갈을 물렸다.

"그쪽 생각은 어때, 멋진 꼬리 단새미 양? 호오, 제14학교 학생이로군?"

사냥꾼이 에핑고를 살펴보며 말했다. 내 에핑고에 저장된 내용이 모조리 사냥꾼의 에핑고로 넘어갔고, 그중에는 물론 학생증도 있을 터였다.

"그거 당장 꺼! 안 그러면 가만 안 둘 거야!"

나는 이를 꽉 다문 채 잇새로 씹듯이 말했다. 절대 가만 안 둬, 되갚아 줄 거야, 마음속으로 나 자신을 채근하듯 되뇌면서.

"아이고, 무서워라!"

몸서리치는 시늉을 하며 낄낄거리는 사냥꾼.

나는 아프도록 힘껏 주먹을 쥐었다. 들메가 시키는 대로 에핑고를 땅에 묻었다면 좋았을 텐데. 그러면 사냥꾼의 손에 내 정보가 이렇게 금방 넘어가지는 않았을 텐데.

"제14학교라면 꽤 유명한 학교잖아? 머리가 좋은가 봐? 꿈과 야망이 맥주 거품처럼 흘러넘치겠는걸? 크아, 시원한 맥주 한잔하고 싶네! 어이, 불량품! 떠돌이 시네 주제에 명문 학교에 다니는 모범생을 납치해? 죄질이 아주 나쁘니 이 몸이 손수 경찰에 넘겨 주마. 네놈 소굴은 경찰 나리들이 나서서 소탕해 줄 거다. 정의로운 공권력은 신성한 질서 편이니까. 그런데 본때를 보여 주려면 확실한 증언이 필요하단 말이야. 단새미, 이번 학기에 가산점을 36점이나 받아 놓고도 정학을 당했군? 이거 무슨 일이 있었는지 궁금하지만 천천히 듣기로 하고, 이건 또 뭐야? 봄꽃 캠프 참가 신청서?"

"그만해! 그만두라고!"

나는 바닥을 굴러가는 두루마리 휴지처럼 줄줄 풀려 나오는 내 정보에 사냥꾼 말을 끊었다.

"봄꽃 흐드러진 캠프에 있어야 할 친구들이 왜 눈 쌓인 북쪽 지방까지 와서 생고생일까? 학교에서 알면 정학으로 끝나지 않겠는걸."

내 경고에도 아랑곳하지 않고 지껄이던 사냥꾼은 에핑고를 책상에 내려 놓았다. 그러더니 기름처럼 미끈거리는 웃음을 띤 채 나를 바라본다.

"어때, 지금이라도 진실을 말할 생각 없어? 넌 저 불량품한테 협박당해서 여기까지 억지로 끌려온 거야. '네' 한마디면 돼. 처음이자 마지막 기회야. 어떻게 할래?"

처음이자 마지막 기회. 인생에 단 한 번뿐일 기회인 이 멋진 꼬리. 단새미, 강요가 아닌 자의에 따른 서명이었나요? 서명지를 손에 들고 묻던 인류학 선생님의 목소리가 귓가에 울렸다. 그때 나는 '네'라고 대답하고 얼마나 후회했던가. 지금 나는 어떤 대답을 해야 하지? 나를 보는 들메와 석류와 테오의 눈빛에 온몸이 타들어 간다. 저 난로 불길 속에서 불타는 장작처럼.

"자, 멋진 꼬리 아가씨? '네'야, '아니요'야?"

나는 침을 꿀꺽 삼키고 대답했다.

"네, 맞아요. 납치당했어요."

낙오자가 되느니 배신자가 되는 편이 이득이라고 인류학 선생님과 교장이 몸소 알려 줬잖아? 캠프에 참가한다며 부모님까지 속이고 꼬리 없는 마을로 찾아왔다는 사실을 학교에서 알게 된다면, 사냥꾼 말대로 정학으로 그치지 않을 것이다. 한 번만 더 물의를 일으키면 퇴학시키겠다고 교장은 분명히 경고했다. 사냥꾼 말에 장단을 맞추어 주고 경찰에 협조한다면 학교까지 불미스러운 사실이 알려지지 않고 마무리될 가능성이 있었다.

"단새미, 너 미쳤어? 왜 그런 거짓말을 해?"

석류가 빠른 속도로 속삭이듯 말했다. 테오도 입에 재갈을 문 채 뭐라고 뭐라고 외친다. 무슨 말인지 하나도 안 들리는데도 죄다 알아들었다. 이 배신자! 자기밖에 모르고 이기적인 기회주의자! 그럴 줄 알았어! 우리 누나 꼬리를 받을 자격이 없는 인간이라고! 굳이 들을 필요 없는 말이었다. 내가 어떤 사람인지는 나 자신이 가장 잘 안다. 너희는 내가 어떻게 살아왔는지 몰라. 난 다시는 그렇게 살고 싶지 않아. 날 그런 눈으로 봐도 소용없어. 학교로 돌아가면 내 꼬리를 우러르며 유해리 따위는 단새미한테 비할 바가 못 된다고 말하는 아이들이 있을 테니까.

"내 그럴 줄 알았지. 딱 보고 납치구나 했어. 저기 둘하고는 의견이 조금 다른 모양이지만 상관없지. 단새미 양처럼 훌륭한 꼬리의 주인이 하는 말은 천금과도 같은 값어치가 있으니까. 이따가 경찰서에 가서도 적극적인 협조 부탁해."

"새미야, 도대체 왜…….."

석류가 너무나도 슬픈 눈을 하고 너무나도 슬픈 목소리로 말했다. 나는 눈을 부릅뜨고 눈물을 참았다.

"협조를 약속한 우리 단새미 양이 얼마나 훌륭한 사람인지 좀 더 알아볼까? 이제 우리는 한편이잖아? 친구라면 서로 숨기는 것이 없어야지."

사냥꾼이 더없이 친절한 목소리로 말하며 에핑고를 들었다. 나는 놈이 무슨 짓을 하려는지 깨닫고 벌떡 일어났으나 묶인 손발 때문에 균형을 잃고는 바닥에 쓰러졌다. 졸개가 다가오더니 나를 의자에 앉히고는 밧줄로 등받이에 동여맸다.

"이럴 수가! 특상품인 줄 알았더니 위조품이잖아!"

에핑고를 보고 나를 보고, 교실 천장에 가로막힌 하늘을 올려다보더니 탄식하는 사냥꾼. 쳐든 손에 들린 에핑고 화면이 보인다. 꼬리 이식 수술 확인서. 이식자 사회 적응 프로그램에서 장학금을 받으려고 제출한 서류였다. 여기 붙잡힌 멋진 꼬리 단새미가 시네 카우다 증후군이며 꼬리 이식 수술 뒤에 특별 장학금을 받아 제14학교에 편입했다는 사실을 저 인간 사냥꾼이 알게 된 것이다.

"저렇게 멋진 꼬리가 시네 따위에게 붙어 있다니, 이 얼마나 끔찍한 모독인가!"

두 손으로 머리를 감싸며 탄식하는 사냥꾼. 중앙 환승역에서 본 어릿광대 배우들을 뺨치는 명연기였다. 믿었던 친구에게 배신이라도 당했다는 감정 표현이 특히 그럴듯하다. 상황에 맞지 않는 웃음이 내 입가에 걸렸다. 일행을 배신하며 넘어간 쪽에서도 배신자가 되다니. 폐가 찢어지도록 웃어젖히고 싶은 충동에 목구멍이 간질거렸다. 나는 대체 누구일까? 어떤 사람일까? 단 한 가지 분명한 점은, 이제 더는 시네가 아니라는 사실뿐.

"내가 시네라고? 이 꼬리 안 보여?"

나는 꼬리로 바닥을 내리쳤다. 그러자 사냥꾼이 혐오 가득한 시선으로 나를 훑어보았다.

"얻어 단 꼬리로 어디서 정상 시민인 척을 해? 타고난 꼬리가 아니면 다 가짜야. 속임수에 사기라고. 한번 시네는 영원한 시네인 법이거든. 시네로 태어났으면 저주받은 운명이나 탓하며 평생 시네로 살 일이지, 어디서 건방지게 남의 꼬리를 달고 돌아다녀? 너 같은 사기꾼이 저기 저 타고난 시네 놈보다 더 죄질이 불량한 거라고!"

한번 시네는 영원한 시네…… 유해리가 그 말을 했을 때 개 목에 꼬리를 휘감고 힘을 주던 감각이 꼬리 끝에 되살아났다. 꼬리가 꿈틀거린다. 나는 정신을 가다듬으며 꼬리를 의자 뒤로 뺐다. 섣불리 행동하지 마, 지금은 때가 아니야. 숨죽이고 기회를 엿봐야 해.

사냥꾼이 꼬리로 신호를 주자 졸개 두 명이 석류와 테오를 의자에서 일으켜 세웠다. 석류는 졸개의 손을 뿌리치려고 몸부림쳤고, 테오도 처절한 소리를 내며 저항했다.

"꼬맹이들아, 그럴 거 없어. 그립고 정다운 집으로 돌아가는 것뿐이야. 중앙 환승역까지 가면 풀어 줄게."

집이란 말에 석류와 테오가 버둥거리던 몸짓을 멈추었다. 석류가 나를 보았다가, 들메를 본다. 그러고는 사냥꾼을 본다.

"새미랑 들메는요? 쟤네 둘은 안 보내 줘요?"

"위조품과 불량품한텐 따로 들을 말이 있어. 너희는 가도 돼. 가 주는 편이 우리한테도 이득이지. 경찰서에서 쓸데없는 말을 보태면 곤란하지 않겠어?"

우리가 원해서 스스로 꼬리 없는 마을에 왔다는 증언을 차단하려는 속셈이었다. 졸개들은 둘의 발에서 줄을 풀더니, 팔을 붙잡고는 교실 밖으로 끌고 나갔다.

"친구들도 풀어 줘요! 이렇게 우리만 갈 수는 없어요. 같이 보내 달라고요!"

석류는 뒤를 돌아보며 항의했지만 우락부락하고 덩치 큰 졸개의 힘을 당해 내지 못했다. 석류가 외치는 소리, 테오가 울부짖는 소리가 점점 멀어지더니 사라졌다. '친구'란 말이 찌꺼기처럼 남아 귀에 달라붙었다. 석류는 아직도 나를 친구라고 생각할까? 내가 하는 짓을 다 보고 하는 말을 다 들었으면서도? 나무둥치 밑으로 난 좁은 틈을 지나 꼬리 없는 마을로 들어온 석류와 테오가 이제는 또 다른 세상으로 가 버렸다. 머지않아 나 역시 돌아갈 세상인데도 그곳에서 다시는 석류와 테오를 만나지 못할 것만 같았다.

"이제 슬슬 경찰서에 갈 준비를 해야겠군. 어이, 시네. 다들 어디로 도망쳤는지 네 입으로 말해 줄 생각 없어? 너를 놔두고 자기들끼리 도망가 버린 놈들인데?"

들메는 입을 꾹 다문 채 사냥꾼을 노려보기만 했다.

"그래, 그렇단 말이지. 어딘가에 단서가 있을 테니 말 안 해도 상관없어. 저 녀석 입 틀어막아. 우리가 없는 사이에 위조품을 꼬드겨서 마음 변하게 하면 안 되니까."

사냥꾼이 책상에서 일어나며 명령했다. 남은 졸개 한 명이 너덜거리는 커튼을 또 찢어 내어 들메에게 다가갔다. 들메는 해 볼 테면 해 보라는 듯 쓰게 웃을 뿐이었다.

"그냥 둬!"

나는 나도 모르게 외치고는 말을 이었다.

"걔 입으로 미안하다는 말을 들어야겠으니까, 놔두라고요."

꼬리를 움직여 느슨한 타원형을 그리고는 바닥을 친다. 내 거만한 동작에 커튼 조각을 든 졸개가 주춤하더니, 대장 눈치를 살폈다. 대장 사냥꾼은 눈을 가느스름하게 뜨고는 내 꼬리가 부옇게 일으킨 먼지를 바라보았다. 잠시 시간이 흐른 뒤에, 부하에게 내 말대로 하라는 눈짓을 보낸다.

"좋아, 문명인의 자비심을 발휘해 주지. 이따가 경찰서에서 허튼소리를 했다가는 각오하라고, 시녀들."

사냥꾼은 으름장을 놓더니 나갔고, 남은 졸개는 문밖에서 보초를 섰다.

눈에는 눈, 그물에는 그물

"미안해. 이렇게 된 거, 다 내 탓이야."

들메 말에 나는 고개를 저었다.

"마음에도 없는 소리 하지 마."

"진심으로 하는 말이야. 너희를 우리 마을에 데려오는 게 아니었어. 내 잘못이야."

"내가 오고 싶다고 한 거잖아."

"네가 무슨 말을 하든 데리고 오면 안 되는 거였어. 달무리가 집으로 돌려보내라고 했는데 내가 괜히……."

"뭐? 달무리가?"

"꼬리 주인을 만나면 집으로 돌려보내라고, 다시는 찾아오지 않게 잘 말해 달라고 나한테 부탁했어."

"무슨 소리야? 처음에 한 얘기랑은 다르……."

나는 말을 끝맺지 않았다. 들메가 숨겨 놓은 비밀이 무엇인지 깨달은 참이었다. 루나의 꼬리를 이식받을 뻔했다는 과거 말고도 뭔가 더 숨기는 속내가 있다고 느꼈는데, 바로 이것이었다.

몸에서 힘이 풀리면서 팔다리가 축 늘어진다. 윗몸을 의자에 묶어 놓은 줄이 아니었다면 바닥에 쓰러졌을 것이다. 달무리로 살아가는 루나가 안내자를 보내어 나를 꼬리 없는 마을로 불러들였다고 믿다니, 순진하기는! 나는 애초에 초대받지 못한 손님, 이 마을을 망가뜨린 불청객이었다.

"내가 달무리 말을 듣지 않고 정반대로 행동하는 바람에 마을이 습격당했어. 너희를 숲 입구에서 만나서 집으로 돌려보내고 숲 깊은 곳에서 며칠 동안 숨어 지냈다면 미행이 따라붙어서 마을이 발각되는 일은 없었을 거야. 그러니까 경찰서에 가서도 아까 말한 대로 증언해. 괜히 날 생각해서 망설이거나 말을 바꾸지 마."

"그건 내가 알아서 할 테니까 똑바로 대답해. 왜 우리를 마을로 데려온 거야?"

"그…… 꼬리를 갖고 싶었으니까."

들메가 대답하더니 고개를 푹 숙였다.

날카롭게 벼린 단도로 내 꼬리를 자르는 들메 모습이 칼날에 반사되는 빛처럼 머릿속에서 번뜩였다. 우주에 존재하는 무수한 세상 중 어느 한 곳쯤에서는 실현되었을지도 모르는 일. 그리고 또 다른 어느 우주에선가는 우리가 기증자와 대기자로 만났을지도 모르지. 루나와 진미아처럼, 진미아와 단새미처럼.

"네가 우리 마을을 보고 나면, 마을 사람들이 서로 얼마나 잘 이해하고 아끼는지 알고 나면, 마을에서 살고 싶어 할지도 모른다고 생각했어."

"꼬리는 너한테 떼 주고 말이야? 이제 난 필요 없으니까 너나 가져, 이렇게? 정말 어이가 없다!"

"난 대기자 명단에 이름을 올리고 넌 기증 의사를 밝히고, 그러면 이번엔 내가 1순위가 될 수도 있다고 생각했어."

"이식받은 지 얼마 되지도 않은 꼬리를 너한테 기증한다고? 이게 어떻게 얻은 꼬리인지 알고나 하는 소리야? 너 정말 미쳤구나?"

"지금 생각하니까 나도 내가 참 어이가 없네. 변명이란 건 알지만, 넌 당장이라도 꼬리를 떼 버리고 싶어 하는 표정이었어."

내 그림자가 나무 벽에 어려 있다. 표정 없는 그림자. 난 내가 어떤 표정인지 모르겠다. 나 자신보다는, 남들이 나를 볼 때 짓는 표정을 더 신경 쓰며 살아왔기 때문일까. 하지만 뭐, 다들 그러지 않나?

"말이 안 된다는 걸 알면서도 내 맘을 어쩔 수 없겠더라고. 다른 건 관두고라도 단 몇 시간이라도 좋으니까, 며칠이라도 상관없으니까, 그 꼬리랑 같이 있고 싶었어."

평평한 그림자에 돋을새김처럼 표정이 새겨진다. 나는 그림자에 어린 내 눈빛을 본다. 설마 단새미, 마음이 아프기라도 한 거야? 들메는 나를 볼 때 사실은 꼬리를 보고 있었고, 나에게 다가올 때에도 오직 꼬리 생각뿐이었다. 몇 시간이든 며칠이든 그저 함께하고 싶은 꼬리. 들메도 다른 사람들처럼 나에게서 꼬리만을 보았다. 나는 컴컴한 그림자였으며 꼬리는 그 위에 환하게 피어난 빛이었다.

"내 동생은 나 때문에 마을에 갇혀 살아. 나한테 꼬리가 생기면 동생한테는 삶이 생기지. 꼬리를 달고 세상으로 나가서 편하고 당당하게 살고 싶었어. 아닌 걸 알면서도 나 혼자 너무 멀리 와 버린 거야. 이제는 꿈에서 깼어, 이제는."

나는 안팎으로 상처 입은 들메를 물끄러미 바라본다. 빠지면 돋아나고 빠지면 또 돋아나는 욕망의 이빨에 물리고 긁힌 얼굴을.

"동생 핑계 대지 마. 다들 말은 그럴듯하게 해도 따져 보면 자기 자신을 위해서 살아. 남을 위해 희생하는 사람도 결국 그게 행복하거나 필요하기 때문이고. 우리 엄마 아빠도 나 하나 잘되라고 뼈가 부서져라 일한대. 말은 항상 그렇게 했지만 결국은 원하는 게 있어서였어. 어디 내놔도 부끄럽지 않은 딸이 필요해서 이식 수술을 시킨 거야."

들메가 이미 흙처럼 쓴 얼굴에 모래처럼 부서지는 웃음을 짓더니 물었다.

"그래서 넌 어때? 꼬리가 생겨서 행복해?"

"어떤 대답을 해 줘야 네가 행복해지는데?"

"진실을 말해 줘."

"진실? 나한테 진실 같은 건 안 중요해. 그건 알맹이를 감싼 껍데기야. 초콜릿을 먹고 나면 버리는 포장지 같은 거라고. 중요한 건 꼬리가 있다는 현실과 사실뿐이야."

"꼬리는 세상이란 기차에 타게 해 주는 승차권 같은 거잖아. 우리 가족은 나 때문에 그 승차권을 버려야 했고."

"어쩌면 그게 꼬리의 본질이라면 본질이겠네. 그 자체로는 별 의미도

없지만 그게 없으면 네 말대로 기차에 타지도 못하니까. 꼬리의 의미라고
해 봤자 그 정도야. 승차권처럼 남한테 보여 주고 자격을 증명하기만 하면
돼. 누구는 손에 쥔 채 태어나고, 누구는 비싼 값을 치르고 사야 하지."

"그럼 난 네가 나한테 취소 표를 넘기길 바란 거네. 그래, 난 꼬리를 갖
고 싶었어. 그래서 그랬어. 미안해, 단새미. 테오랑 석류한테도 미안하다
고 전해 줘. 힘들게 해서 정말 미안하다고……."

작별 인사처럼 들메가 말했다. 목소리를 떨면서, 조용히 울먹이면서.
들메는 그저 들메가 아니었다. 나 자신이기도 했다. 예전의 나, 잘라 낸
나무의 그루터기처럼 내 안에 남아 있는 나. 우리는 같으면서도 다르고,
다르면서도 똑같았다. 진미아와 내가 그랬듯이.

바닥에 낯선 그림자가 어룽진다. 물기 어린 우리 눈이 허공에서 마주친
찰나, 쇠그물이 날아와 보초 서는 졸개를 덮쳤다. 놈이 허우적거릴수록 쇠
줄이 팔과 다리에 감겨들어 엉켰다.

"눈에는 눈, 그물에는 그물이지. 그물로 잡은 자, 그물로 잡히는 법이
거든."

누군가 문으로 들어오며 말했다. 큰 키와 꼿꼿한 자세, 하나로 묶은 긴
머리……. 루나였다. 루나 친구와 진미아의 에핑고에서 본 사진보다 10여
년쯤 나이를 더 먹은 루나. 이제 달무리가 된 루나에게는 꼬리가 없었다.
진짜 꼬리뿐만 아니라 장식꼬리조차도. 공공장소에서 벌거벗은 사람이라
도 목격한 느낌이었다. 꼬리가 없던 시절, 나는 목욕할 때도 거울에 비친
내 모습을 잘 보지 않았다.

"달무리! 뒤에……!"

들메가 외쳤다.

교실을 떠났던 사냥꾼이 문가에 나타났다. 사냥총을 들어 루나의 등을 겨눈다.

탕! 총 쏘는 소리에 이어 쿵! 하고 쓰러지는 소리가 들렸다.

한순간, 아무것도 보이지 않았다. 눈앞이 캄캄해지고 정신이 아득해진다. 죽지 마요, 하는 생각뿐. 여기까지 찾아온 내 눈앞에서 죽지는 마!

시야에 초점이 잡히자, 교실 바닥에 쓰러진 사람이 보였다. 쇠그물에 사로잡힌 사냥꾼이다. 총알은 교실 벽에 박혀 있었다.

사냥꾼이 쇠그물 안에서 버둥대는 사이, 두꺼운 외투를 입은 남자가 들어오더니 루나와 들메를 보며 고개를 끄덕였다. 저 사람이 쇠그물로 루나를 구해 준 모양이다. 루나는 사냥꾼 손에 들린 총을 발로 찼다. 총과 함께 손목도 사정없이 걷어차는 바람에 사냥꾼은 팔을 뒤틀며 신음을 뱉었다. 루나가 그물코 사이로 손을 넣더니 능숙한 솜씨로 총을 분해하고, 총알도 모두 빼낸다. 그물코로 삐져나온 사냥꾼의 꼬리가 바닥을 훑으며 파닥거렸다.

"이런 짓을 하고도 살아남을 거 같아? 내 부하들이 오면 너희는 죽은 목숨이야!"

사냥꾼이 침을 튀기며 소리를 질러 댔지만 그 협박에 귀 기울이는 사람은 없었다.

내 꼬리가 힘껏 내던진 밧줄처럼 루나 쪽으로 뻗어 나간다. 나는 그 힘을 감당하지 못해 의자에 묶인 채로 바닥에 쓰러졌다. 나는 여기에 있고, 꼬리는 저기로 가려 한다. 힘이 분산되자 꼬리가 돌연 내 목을 감싸더니 조였다. 머리로 피가 쏠리고 숨이 막혔다.

"이 꼬리는 여전하네."

루나가 내 꼬리를 목에서 당겨 풀어 주며 말했다. 그러고는 쓰러진 의자도 세워 준다.

나는 캑캑거리며 숨을 토해 냈다. 꼬리가 옛 주인인 루나의 손목에 감겨들더니 덩굴손처럼 팔뚝 전체를 휘감는다. 루나는 팔에 엉겨 붙은 꼬리는 신경 쓰지 않고 내 몸에 묶인 밧줄을 풀기 시작했다. 얼마나 꽁꽁 묶어 놨는지 매듭이 잘 풀리지도 않는다.

"달무리, 저 칼을 쓰세요."

들메 말에 루나가 바닥에 떨어져 뒹구는 단도를 주워서 밧줄을 잘랐다. 손에 묶인 줄을 자르고, 이제 두 발과 몸통 쪽 줄이 남았다.

"단새미, 시녀들과 사이가 아주 좋구나? 영혼의 단짝이라도 만났나 봐? 아니지, 너희 시녀들에게 영혼처럼 고결한 알맹이가 있을 리 없지. 영혼이란 무릇 인간의 상징이거든. 너희는 인간이 아니야. 꼬리 없는 짐승에 불과해. 남의 꼬리를 달아 봤자 시녀라는 사실은 변하지 않는다고! 내 단언하지. 넌 시녀로 태어났으니 시녀로 살다가 시녀로 죽을 거다, 단새미."

사냥꾼이 주절대며 나에게 저주를 퍼부었다.

발과 몸의 줄이 잘려 나가고, 나는 속박에서 풀려났다. 한 호흡도 망설이지 않고, 루나와 일행이 막아설 틈도 주지 않고, 난로 옆 손도끼로 사냥꾼의 꼬리를 내리찍는다.

사냥꾼의 꼬리가 꼬리뼈 부근부터 깨끗하게 잘려 나갔다. 피가 튀고, 절규하는 사냥꾼. 팔다리를 휘젓고 등과 배로 바닥을 밀고 다니며 몸부림 치고 발버둥 칠수록 쇠그물이 온몸을 옭아맸다. 그물에 사로잡힌 거대한 식인 물고기 같다. 반 뼘도 남지 않은 꼬리가 퇴화한 지느러미처럼 씰룩인 다. 손도끼를 다시 쳐들자, 루나가 외쳤다.

"그건 네가 할 일이 아니야!"

나는 그 말에 동의하고는 손에서 힘을 풀어 손도끼를 바닥에 떨어뜨렸 다. 이자의 목숨 따위는 필요 없다. 꼬리가 없어졌으니 됐어.

"가만두지 않을 거다, 단새미! 죽음보다 더 고통스럽게 해 주지! 절대로 가만두지 않겠어!"

사냥꾼이 피와 침, 눈물을 쏟으며 발악했다.

"가만 안 둔다는 말은 내가 먼저 했잖아. 실행도 내가 먼저 했지. 안 그 래, 시네?"

"뭐? 시…… 시네?"

사냥꾼의 동공이 얼굴을 집어삼킬 듯 커진다. 그런 무서운 말은 생전 처음 들어 본다는 표정이다.

"이젠 네가 시네야. 한번 시네는 영원한 시네라는 거, 알고 있지?"

나는 꼬리를 머리 위로 쳐든 채 사냥꾼을 내려다보며 말했다. 처음으로 내 꼬리를 통제한다는 느낌이 온몸을 압도했다.

루나

정신을 차리자, 숲속이다. 거대한 저택에 딸린 뒤뜰처럼 고요하고 은밀한 풀밭을 전나무와 소나무, 가문비나무가 호위하듯 둘러싸고 있다. 파랑과 검정을 섞은 빛깔로 어두워지는 하늘을 날아와 나뭇가지에 내려앉는 새들. 그리고 루나. 어느 오래된 나무에 루나가 기대서 있다.

"어지러울지도 모르니까 천천히 일어나. 꼬리가 좀 이상한 느낌일 거야."

그제야 교실에서 정신을 잃고 쓰러진 일이 생각났다. 정말 꼬리가 이상하다. 뻑뻑한 크림 안에 푹 잠긴 느낌. 약간 얼얼하고, 꼬리만 잠에 빠진 듯 느른하다.

"네가 기절했는데도 너무 난리를 피워서 국소 진정제로 힘을 빼 놨어. 30분쯤 있으면 진정제 효과가 끝날 테니 우리한테도 시간이 얼마 없겠네. 폭군이 깨어나기 전에 난 자리를 피해야지."

루나가 팔을 들어 보여 주는데, 뭔가에 세게 휘감겨 벌겋게 붓고 까진 자국이 보인다. 내 꼬리가 한 짓인 모양이지만 나는 기억나지 않았다. 어쩌면 그다지 기억하고 싶지 않은지도. 잠에 빠진 꼬리는 얌전하기만 했다.

"들메는요? 어디 있어요?"

"대피소에서 치료받고 있어. 여기저기 다친 데가 많아. 우리 마을에도 의사가 있으니까 걱정하지 마."

"걱정 안 해요. 그냥 궁금해서 물어본 거예요."

"들메 말고 또 궁금한 사람은 없어?"

나는 얼굴을 찡그리며 일어나 앉았다. 몸에서 싱그러운 풀 냄새가 났다. 루나 말대로 어지러웠지만 심호흡 몇 번에 현기증이 가라앉는다. 30분. 꼬리 없는 마을로 찾아와 사람 없는 마을로 만들어 놓고는 얻은 시간이 그뿐이다. 어쨌거나 꼬리의 첫 번째 주인, 최초 기증자와 만났다. 루나라는 이름으로 이 꼬리를 지닌 채 살았던 사람을 바라본다. 진정제 때문에 감각이 느슨해졌는지 아니면 그새 익숙해졌는지, 장식꼬리조차 없는 모습이 더는 어색하지 않다.

"새로운 시녀가 어떻게 됐는지 안부라도 물어봐야 하나요?"

"꼭 그래야 했니?"

"자기 꼬리를 스스로 자른 사람이 할 말은 아닌 거 같은데요."

"어떤 사정인지 넌 모르잖아?"

"네, 사정이 있으셨겠죠. 저도 그랬어요."

인간 사냥꾼이 나를 모욕하고 조롱할 때, 나는 그놈을 가만두지 않겠다고 다짐했다. 그리고 기회가 왔을 때 망설이지 않고 실행했다. 나 자신을 위해 행동할 것, 결심했으면 주저하지 말 것, 이 세상이 가르쳐 준 삶의 방식이다.

"교실에 있던 놈들 말고도 두 명 더 있어요. 중앙 환승역에 갔다가 돌아올 거예요."

"알아. 알아서 처리했어."

"알아서 처리했다고요? 어떻게요?"

"넌 몰라도 돼. 넌 여기에서 아무 짓도 안 한 거야, 단새미. 무슨 일이 있었는지 아무도 모르는 거고. 알았지?"

나는 잠시 고민하다가 고개를 끄덕였다. 유리한 제안은 받아들일 것.

"우리 마을에 오게 된 경위랄까, 그건 들메한테 들었어. 여기까지 왔는데 험한 일을 당해서 안타깝다."

교실에서 새로운 시녀가 탄생한 일이 마치 자기 잘못이라는 듯 말한다. 손때가 묻어 윤이 나는 도끼 자루가 손에 감겨들던 느낌, 도끼날이 꼬리의 살갗과 뼈를 파고들 때 어깨까지 퍼지던 진동, 그 모든 감각이 꿈결 같았지만 실제로 일어난 일이었다. 내 손으로 한 일, 목격자 셋과 나만 알고 있을 일. 후회해? 후회할 거 같아? 나 스스로 질문을 던져 본다. 아니, 아직은 아니야. 이제는 아니기도 하고.

루나가 무심결에 양손을 맞대어서 지붕 모양을 만들었다. 진미아가 하던 동작이다. 언젠가는 나도 저 버릇이 생기게 될까?

"내 족쇄가 너에게로 가서 가시관이 되었구나."

루나가 풀밭에 늘어진 꼬리를 보며 말했다. 잠시 잠깐 잠든 나의 폭군,

가시관을 썼으면서도 아픔을 모르는 왕.

"그 꼬리를 내 몸에서 떼 내기만 하고 없애지 않은 걸 줄곧 후회했어. 절제 수술을 받고 떠나 버리면 그만일 줄 알았지. 부모님이 다른 사람에게 기증할 줄은 몰랐어. 그 당시 내가 미성년자여서 부모님 뜻대로 할 수 있었던 게 화근이었지."

"진미아를 찾아갔던 거, 맞아요?"

"그래. 꼬리가 다른 사람한테 이식됐다는 걸 알게 됐을 때였어."

"왜 찾아간 거예요?"

"그 애가 걱정됐으니까."

"뭐가 걱정됐는데요?"

"이미 알지 않니?"

꼬리가 잠에서 깨어나려는 듯 꿈틀거렸다가, 잠잠해진다. 잠시 잠든 내 욕망도 꼬리와 함께 깨어나겠지. 나는 날카로운 송곳니로 혀를 지그시 깨물었다.

"난 어려서부터 그 꼬리 때문에 주목과 사랑을 받았어. 어디를 가든 관심이 쏠리니까 어린 마음에 그저 즐겁고 우쭐했지. 우리 부모님은 날 공주님으로도 모자라 여왕님이라고 불렀어. 그런데 내가 다섯 살 때, 동생이 태어난 거야. 나만큼이나 아름답고 건강한 꼬리를 지닌 애였지. 나한테 쏟아지던 관심과 칭찬을 동생과 나누자니 미치도록 화가 났어. 어느 날, 엄마가 아기 욕조에 따뜻한 물을 받아서 동생을 목욕시키다가, 누가 집에 찾아와서 잠깐 자리를 비웠어. 장난감을 갖고 놀던 나한테 동생을 지켜보라고 부탁하고는 말이야. 날 보면서 방긋방긋 웃던 동생 얼굴이 기억나. 정신을 차려 보니 내가 꼬리로 동생 얼굴을 휘감아서 욕조 물에 처박아 놨더라고. 엄마가 비명을 지르면서 달려와서는 내 꼬리를 쥐어뜯다시피 해서 떼어 놨지. 조금만 늦었어도 동생은 익사했을 거야. 꼬리를 보면 중간쯤에 작은 흉터가 있을 텐데, 그날 엄마가 낸 상처야."

잠든 꼬리를 살펴보니 아니나 다를까, 중간 부분에 세모 모양으로 난 희미한 흉터가 있었다. 루나가 말해 주지 않았다면 모르고 넘어갔을 흔적이었다.

"엄마는 어린애의 질투라 생각하고 넘겼고 동생은 너무 어릴 때라 기억도 못 했지만, 난 그날 일을 잊은 적이 없어. 내 꼬리가 어떤 존재인지 알게 된 날인데 어떻게 잊겠어? 꼬리는 내 몸에서 점점 이질적이 되어 갔어. 어디서든 주인공이 되려고 기를 쓰는 꼬리가 내 것 같지 않고 무서웠어. 언제 터질지 모르는 폭탄 같았고 내 심장을 찌를 칼 같았지. 동생을 죽일 뻔한 날 뒤로 단 하루도 평화롭게 잠든 적이 없었어. 결국 부모님도 괴로워하는 날 보다못해 절제 수술 동의서에 서명했지. 정신적 문제로 인한 절제 수술은 무척 드문 경우라서 절차가 복잡했지만 난 물러서지 않았어."

그러더니 루나는 말을 멈추고 나를 보았다. 꼬리 가까이 오지 않고, 몇 발짝쯤 떨어진 거리에서.

"이런 얘기를 들으려고 온 거 맞지? 네 꼬리가 어떤 꼬리인지 알고 싶을 테고?"

나는 고개를 끄덕였다. 정확히 그런 이유로 이곳까지 루나를 찾아왔으므로.

"미아를 찾아가서 만났을 때, 그 애도 예전에 내가 그랬듯이 힘들어하고 있다는 걸 알았어. 나 때문인 거 같아서 죄책감이 들고 미안하더라. 나랑 같이 꼬리 없는 마을로 가자고 했지."

"진미아는 싫다고 했겠죠?"

"그렇지. 꼬리 없는 마을에 가려면 꼬리를 떼어 내야 한다고 했으니까. 나중에 중앙 환승역까지 왔다가 돌아간 모양이더라."

"그런데 꼭 꼬리가 없어야 하는 건 아니잖아요? 들메 가족만 해도 꼬리가 있다고 들었어요."

"그 꼬리는 우리 마을에 들어오면 안 돼. 문제를 일으키고 마을을 들쑤셔 놓을 거야. 사람들을 욕망에 눈멀게 하고 갈라놓겠지."

루나가 자기 것이었던 내 꼬리를 가리키며 말했다.

"꼬리가 다가온다는 걸 느꼈다면서요? 아까 이 꼬리, 그쪽을 보더니 미쳐서 날뛰던걸요."

"난 요즘도 잊을 만하면 한 번씩 꼬리가 나오는 꿈을 꾸다가 비명을 지르면서 깨어나. 어느 날은 울고 있기도 하고 또 어느 날은 웃고 있기도 하지. 아직도 그 꼬리를 완전히 잊지는 못했나 봐. 하기는, 태어날 때부터 한 몸이었으니까. 그렇지만 이 자리에서 분명히 밝혀 둘게. 난 꼬리를 버렸어. 원치 않아."

"그 덕분에 결국 저한테 왔죠."

"그 꼬리를 달고 있는 한, 넌 끝내 불행할 거야. 채우고 채워도 채워지지 않을 거고, 달리고 달려도 다다르지 못할 거야. 언제나 목마르고 초조할 거야."

"저주인가요? 악담이에요?"

"경험을 근거로 한 예측이지. 사람이 얼마나 힘들고 괴로우면 자기 꼬리를 떼 내겠어? 그것도 그토록 아름답고 빼어난 꼬리를."

하늘이 점점 더 어두워지고, 꼬리의 움직임이 늘어났다. 정해진 시간이 거의 다 되어 간다.

"첫 번째 주인은 포기했고 두 번째 주인은 실패했지만, 난 포기하지도 않을 거고 실패하지도 않을 거예요. 끝까지 시도해서 성공하겠어요. 이 꼬리만 있으면 언젠가 큰 힘을 손에 넣을 자신이 있어요. 그러면 질서수호단을 없애 줄게요. 그자들한테 당한 만큼 되갚아 줄 거예요."

"아직도 복수가 남았다는 얘기니? 넌 정말 그렇게 할 거 같다는 생각이 든다. 그래서 걱정이 돼."

"걱정할 거 없어요. 내가 알아서 해요."

"넌 네가 증오하는 사람들 속에서 성공하겠다는 거구나. 혐오하면서도 벗어나지 못하는 거야. 그렇지?"

"꼬리 달린 세상에서 살아가려면 어쩔 수 없죠……."

"그런데도 나중에 우리를 위해서 되갚아 주겠다고?"

"아뇨, 나 자신을 위해서예요. 나 좋으라고 했는데 다른 사람한테 도움이 되는 일도 있잖아요?"

"넌 꼬리 달린 세상을 부수고 싶으면서도 한편으로는 껴안고 싶겠지. 벗어나고 싶으면서도 속하고 싶을 테고. 인간은 완전히 반대되는 감정을 마음속에 품을 수 있어. 본래 그렇게 모순적인 존재니까. 하지만 두 갈래 길을 동시에 가지는 못해. 마지막 순간에는 한쪽을 선택해야 하지. 충분히 성공하고 강해진 다음에 오래전 다짐을 기억해 낼 거라고 어떻게 보장하겠니? 질서수호단 같은 사람이 되지 않는다고 누가 장담해? 네가 오늘 한 일을 생각해 봐. 친구들한테 어떻게 했는지, 적한테 어떻게 했는지 생각해 보라고."

흘러가는 시간 속에 침묵이 썩은 물처럼 고였다. 꼬리가 또 꿈틀거린다. 더 오래, 더 강하게.

"널 도와주고 싶어. 기회를 주고 싶어. 어떤 기회는 평생에 단 한 번뿐이야. 내가 그때 꼬리를 잘라 내지 않았다면, 평생 꼬리에 끌려다녔을 거야."

"이미 충분히 도와주셨어요. 이 꼬리에 얽힌 사연을 들려주셨잖아요. 어떤 꼬리인지 이제 확실히 알았으니까, 그거면 됐어요."

풀밭에서 일어나자, 루나가 내 발밑에 날카로운 물건을 던졌다. 들메의 단도였다.

"이식 수술을 받은 지 얼마 되지 않았으니 이 말은 한참 뒤로 미루려고 했는데, 네 상태를 보니 지금 말해야겠다는 생각이 들어. 꼬리를 베어 내고 나랑 같이 꼬리 없는 마을에 가서 살자. 너처럼 똑똑하고 굳센 사람이 합류하면 우리 마을에도 큰 도움이 될 거야."

"미쳤어요?"

말은 그렇게 했으면서도, 눈길로 단도를 더듬으면서도, 나는 다음 행동을 하지 못하고 망설였다. 평생에 한 번뿐인 기회, 돌이키거나 달라질 수 있는 기회.

나는 상상에 빠져든다. 꼬리 없는 마을에서 살아가는 상상이다.

꼬리 없는 마을에서 내 임무는 불쏘시개와 땔나무를 주워 오는 것이다. 그 직책의 이름은 어린 소나무란 뜻의 애솔이다. 산 가지는 꺾지 않는다. 바닥에 떨어져 말라붙은 나뭇가지만 주워서 헝겊 주머니에 넣는다.

꼬리 없는 마을에서 내 하루는 일찍 시작한다. 동녘에서 해가 떠오르고 새가 지저귀면 잠자리를 떨치고 일어나 텐트 밖으로 나간다. 긴 밤의 추위를 이기려고 껴입은 옷과 털양말 차림으로 한 칸짜리 집 앞에 서서 심호흡하며 숲을 바라본다. 결코 부드럽지 않은, 뾰족하고 드높은 나무우듬지에 떨어지는 북쪽 지방의 차가운 햇살.

꼬리 없는 마을에서 나는 어린아이들에게 글자와 숫자와 그림과 노래를 가르치고, 나보다 나이가 많거나 더 많이 아는 사람에게 수학과 과학과 목공 기술을 배운다. 쉬는 시간이면 소설을 읽고 학교 주변을 돌아다니는 개와 고양이를 쓰다듬어 준다. 새의 깃털을 발견하면 주워서 유리병에 모은다. 마을 학교에 인류학이란 과목은 없다. 숲속 마을에서 살아가는 삶, 그 자체가 인류학이다.

꼬리 없는 마을에서 나는 꼬리가 없다. 숲에서 불쏘시개와 땔감을 모으다가, 달빛에 비추어 책을 읽다가, 입가에 과자 부스러기를 묻힌 꼬맹이와 노래하다가, 바윗돌에 앉아 등에 와 닿는 햇살을 느끼다가, 나는 문득 꼬리의 행방이 궁금해진다. 언제 어디에서 잃어버렸을까? 그러나 다시 생각해 보면, 내가 언제 어떻게 꼬리를 얻었는지도 기억나지 않는다. 없던 꼬리가 생기고, 있던 꼬리가 없어지고, 그저 꿈결 같다.

진정제 효과가 끝나고, 꼬리가 잠에서 깨어나 허공에 커다란 원을 그렸다.

나 역시 상상에서 깨어난다. 현실 속 나에게는 꼬리가 있다. 세상이란 기차에서 특등석을 차지하게 해 줄 꼬리. 기차는 잠시 잠깐 꼬리 없는 마을 부근에 정차했다가, 구경을 마친 승객을 태우고 떠나려 한다. 나는 발끝으로 단도를 툭 찼다. 미약한 발길질이라 해도 거절은 거절이었다. 루나는 상징적인 행동으로 내 결정을 촉구했고, 나 역시 상징적인 행동으로 도움의 손길을 뿌리쳤다. 사람은 언제나 선택한다. 그리고 그 선택은 길이된다. 나는 나의 길을, 아무도 지도에 그리지 않은 길을 걸어갈 것이다.

루나가 조그맣게 한숨을 내쉬었다. 목쉰 휘파람 소리 같기도 했다.

"남의 꼬리는 뗐지만 네 꼬리는 그렇게 못 하겠다는 거구나."

"당연한 거 아닌가요? 이 길을 따라가면 중앙 환승역이 나오는 거예요?"

풀밭 한쪽으로 난 오솔길을 가리키며 물었다. 루나가 오랫동안 나를 바라보더니, 이윽고 입을 열었다.

"한 시간쯤 걸어가야 돼. 지금 출발하면 해 지기 전에 도착할 거야. 대피소에서 마을 사람이 드론을 원격 조정해서 안내해 줄 테니 안심하고."

드론으로 우리를 이끌던 들메는 지금, 상처 입은 몸과 마음으로 아파하고 있겠지.

"들메는, 진짜 이름이 뭐예요?"

"넌 그걸 몰라도 되는 길을 선택했어. 뒤돌아보지 말고 그 길을 가."

내가 고개를 숙였다가 들었을 때, 루나는 사라지고 없었다. 기억에 영영 각인될 짧은 만남이었다.

집을 떠나 홀로 중앙 환승역으로 가는 기차를 탔을 진미아가 떠올랐다. 창가에 앉아 바깥을 내다보는 얼굴이 차창에 어려 흔들린다. 그런데 유리에 비친 얼굴이 나를 닮았다. 유리에 비친 나도 차창을 보고, 거기에 어린 얼굴은 들메를 닮았다. 들메는 나를 보고, 나는 진미아를 보고, 진미아는 루나를 보고…… 거울 속 거울처럼 우리는 끝없이 서로를 비추며 이어져 있다.

나는 들메의 단도를 주워서 외투 주머니에 넣고는 오솔길로 발걸음을 옮겼다. 어딘가에 있지만 아무 데도 없는 마을을 뒤로한 채.

작가의 말

사람에게 꼬리가 달렸다면? 그런 세상에서 꼬리 없는 아이가 태어난다면?

어느 날 문득 떠오른 생각에서 단편을 썼고, 그 단편의 세계관을 배경으로 하여 이번 이야기를 썼다.

사람을 한 단어로 표현해야 한다면 나는 '열망'을 택하겠다. 사람은 끊임없이 열망하는 존재다. 갖고 싶은 것을 열망하고, 이루고 싶은 일을 열망하고, 다다르고 싶은 곳을 열망하는 존재. 그래서 사람은 꿈과 희망이라는 빛을 품은 채 살아가고, 때로 그 빛은 좌절과 질투라는 그림자를 우리 삶에 드리운다.

꼬리 달린 세상에서 꼬리 없이 태어난 단새미는 언젠가 자신에게 맞는 꼬리를 이식받는 날이 오기를 기다린다. 그리고 진미아, 더 정확히 말하자면 진미아의 꼬리가 나타났을 때 비로소 진정으로 꼬리를 열망하기 시작한다. 세상의 열망이 새미 자신의 열망이 되는 순간이다. 너무나도 아름답고 매력적인 꼬리는 새미를 단숨에 사로잡아 옥죈다. 진미아의 꼬리를 열

렬히 바라는 새미를 떠올릴 때마다, 나에게는 무엇이 그 꼬리와 같은 대상이 되는지 고민해 보게 된다.

이 책을 읽은 분들도 한 번쯤 생각해 보았으면 한다. 이 세상이 '이건 당연히 있어야 하는 거야'라며 사람들 꽁무니에 매달아 놓은 꼬리가 무엇인지, 내가 나 자신에게 스스로 단 꼬리는 없는지, 있다면 그 꼬리를 어떻게 할 작정인지 말이다.

단새미, 진미아, 루나, 들메…… 등장인물의 이름을 불러 본다. 우리는 이 중에서 과연 누구일까?

하유지

내 꼬리가 되어 줘

초판 인쇄 2024년 12월 12일 **초판 발행** 2024년 12월 12일

지은이 하유지

펴낸이 남영하 **편집** 전예슬 조웅연 **디자인** 박규리 **마케팅** 김영호 **경영지원** 최선아

펴낸곳 ㈜씨드북 **주소** 03149 서울시 종로구 인사동7길 33 남도빌딩 3F **전화** 02) 739-1666 **팩스** 0303) 0947-4884

홈페이지 www.seedbook.co.kr **전자우편** seedbook009@naver.com **인스타그램** instagram.com/seedbook_publisher

ISBN 979-11-6051-706-4(43810)